마음이 가까워지면 저절로
상대방에게 다가가고 싶은 맘이 드는구나.

시라카와 루나

스쿨 카스트 최상 위 그룹에 속한, 깊은 고민 없이 인싸로 살아온 미소녀. 류토와 사귀면서 주위에 뜻밖의 충격을 안겨 주었다.

카시마 류토

동영상 사이트를 보는 걸 좋아하는 조금 내향적인 고등학생. 벌칙 게임을 계기로 동경하던 루나에게 고백, 웬걸 사귀게 된다.

야마나 니코루

루나의 절친으로 남자 운이 나쁜 루나를 걱정하고 있다. 인근에서는 '키타중의 니콜'로 명성을 떨치고 있었던 듯하다. 장래 희망은 네일리스트.

쿠로세 마리아

류토의 첫사랑 상대. 류토의 학교에 전학 왔고, 이번에는 류토가 신경 쓰이기 시작했다. 사정이 있어서 따로 생활하고 있지만 루나의 여동생이다.

경험 많은 너와 경험 없는 내가 사귀게 된 이야기.

나가오카 마키코 지음
magako 일러스트

CONTENTS

지금도 여전히 우리가 사귀지 않았던 시절의 꿈을 꾼다.

꿈속의 나는 수많은 친구들에게 둘러싸인 시라카와를 먼발치에서 쳐다보며, 오늘도 귀엽구나 하고 남몰래 가슴을 두근거린다.

……맞아, 이쪽이 현실이지.

시라카와와 내가 사귄다는 건 꿈이 아니면 있을 수 없는 일이다.

머리 한편으로 그런 생각을 하며 눈을 뜨자, 스마트폰에 시라카와의 메시지가 와 있었다.

'안녕! 오늘 화장이 완전 귀엽게 잘 됐으니까 봐줘♡' 하고 셀카까지 첨부해서.

언제나처럼 사랑스럽기 그지없는 시라카와가 나를 보며 미소 짓고 있다.

"대박……."

잠에서 막 깨어 텅텅 빈 몸에 치사량 수준의 사랑스러움이 솟구쳤다. 지나친 행복감에 숨이 콱 막히고 눈물이 날 것 같은 기분이 들었다.

아직도 꿈을 꾸고 있는 것 같지만 믿을 수 없게도 이쪽이 현실이다.

바라건대 이 행복이 영원히 계속되기를.

이미 평생치의 행운을 다 써버렸다는 자각은 있다.

그러니 다음 생, 다다음 생의 행운을 미리 끌어와 써도 좋았다.

시라카와와 계속 함께 있고 싶다.

그녀를 '좋아하는' 마음은 하루가 다르게 갱신돼 가고 있었다.

진심으로 그렇게 생각할 수 있는 사람과 만나는 건, 틀림없이 내 인생에 두 번 다시 없을 테니까.

제 1 장

7월로 접어들며 시라카와 사건 뒤 첫 여름이 왔다. 장마전선이 물러갔다는 기상청의 발표는 아직이지만, 오늘은 하늘도 맑고 기온도 35도를 넘었다고 하니 공기만 보면 거의 한여름이었다.

하지만 그럼에도 불구하고 하교 중 역까지 가는 길 내내 내 옆을 걷고 있던 시라카와의 표정은 장마철 비구름처럼 먹먹했다.

"아…… 내일부터 시험이라니, 정말 미친 것 같아~!"

머리를 헝클어뜨리며 절망에 찬 눈빛으로 하늘을 우러러본다.

"으앙~, 위험하다엔 마파 당면~!*"

"……뭔가 맛있을 것 같다?"

"정말~! 류토는 어때? 막 여유가 넘쳐?"

"그, 그렇진 않지만……."

내일부터 시작되는 기말고사. 첫날 치는 과목은 영어와 문법, 그리고 과학 선택과목과 가정과였다.

"영문법은 지금부터 해도 단어 정도나 확인할 수 있을 거고 화학도……. 가정과는 오늘 밤에 암기하려고 생각 중이야."

"아~ 류토는 화학이구나~. 난 생물인데 솔직히 하나도 이해가 안 가서 끝장(오와타)을 넘어서 오타와야~."

---

* 원문은 やばたにえんの麻婆春雨, '야바이(위험하다)'는 말에 '나가타니엔의 마파 당면(나가타니엔 : 일본 식품회사)'을 합친 말로 심각성은 낮지만 위급한 상황임을 나타낼 때 쓰는 가루어.

"……오타와면 캐나다의 수도였던가?"

"아, 정말?"

시라카와는 순간 어리둥절해하더니 슬쩍 입술을 삐죽거렸다.

"설마, 류토 막 수재인 거 아냐? 난 영문법은 아무리 들여다봐도 답이 없던데, 류토는 이미 단어 빼곤 완벽하다는 거잖아?"

"엇, 아니, 그런 뜻이……."

괜히 기대치만 높일까 봐 쩔쩔매는 나를 시라카와는 눈만 들어 빤히 쳐다보았다.

"……왜, 왜?"

"류토, 중간시험 영문법, 몇 점이었어?"

"어? 그건…….'

분명 중요구문에서 실수를 하는 바람에 예상했던 점수에는 못 미쳤지. 하지만 굳이 숨길 만큼 심각한 점수도 아니었기에 그냥 대답했다.

"78인가 9였던…… 것 같아."

80점대로 올라가지 못했던 것에 분했던 기억이 난다.

하지만 시라카와는 그런 내 고백을 듣더니 눈을 반짝였다.

"헐, 미쳤다!"

순간 '어느 쪽 의미로?'란 생각이 들었지만 저 초롱초롱한 눈빛을 봐선 나쁜 의미는 아닌 것 같다.

"역시 류토는 머리가 좋구나! 난 35점이야~. 나름대로 꽤 열심히 했는데 말이야~."

"그, 그렇구나……."

그래도 잇치의 저번 점수보다는 높다고 말해 줘봤자 시라카와한 테는 '엥?'스럽겠지.

"이번 범위는 진짜 이해가 안 돼. 중간고사 때보다 더 떨어질 것 같아아……."

"단어는? 단어는 꼭 열 문제씩 나오니까 지금부터라도 출제 범위 를 전부 암기하면 반드시 10점은 딸 수 있어."

"헐, 그게 돼? 범위에 들어가는 단어 100개 정도 아니었어?"

"그래도 그중에 몇 퍼센트는 이미 암기한 단어 아냐? 모르는 것 만……."

"엥~ 진짜?! 난 하나도 모르겠던데에…… 류토 대단하다……."

딴에는 조언이라고 한 말이 오히려 그녀를 궁지로 내몬 듯했다. 시라카와는 우울한 얼굴로 어깨를 늘어뜨렸다.

"늘 시험 직전이 돼서야 제대로 공부해 둘걸, 다음번엔 열심히 하 자는 후회를 한다니까. 그런데 막상 시험이 끝나고 다음 범위 수업 이 시작되면 그전 범위에서 이어지는 거니까 처음부터 진도가 막혀 서 정신이 멍해져."

"그렇구나……."

"류토처럼 매일 차근차근 공부를 해나가면 시험도 그냥 공부의 연장선처럼 느껴지겠지……."

"……."

딱히 아싸라서 공부로 기선을 제압하려던 건 아니었는데, 시라카와의 기운을 완전히 빼앗고 말았다.

사과라고 할 것까진 아니지만 뭐라도 해 줄 수 있는 일이 없을까 고민하던 나는 문득 한 가지 묘안을 떠올렸다.

"아, 그럼 시라카와, 괜찮으면, 지금부터 같이 공부할래?"

오늘은 시험 전날이라 오전 수업만 하고 일찍 집으로 돌아가는 중이었다. 마침 적당한 데서 점심을 먹으려던 참이었으니까, 그 김에 공부를 하는 건 어떨까 싶었다.

"어?"

시라카와는 눈을 크게 뜨며 진심으로 놀란 듯한 표정을 지었다.

"같이…… 공부……?"

"응. 시라카와가 괜찮으면. 나도 완벽하진 않지만 범위는 대충 공부했으니까 어쩌면 가르쳐 줄 수 있는 부분이 있을 수도 있잖아."

"헐, 공부가 남이랑 같이 할 수 있는 거였어? 난 류토한테 가르쳐 줄 만한 게 없는데."

"그래도 전혀 상관없어. 그, 정말로 이해하지 못하면 남한테 가르쳐 줄 수 없다는 말도 있잖아. 나도 시라카와한테 가르쳐 주면서 내가 잘 몰랐던 부분을 발견할지도 모르니까."

"아……."

그런 관점도 있구나 하고 중얼거리며 시라카와는 나를 올려다보았다.

"너무 좋아. 혼자서는 집중하기 힘들어서 자꾸 손톱을 다듬거나 딴 짓을 했거든. 류토와 함께라면 나도 공부할 수 있을 것 같아!"

그 미소는 흡사 소풍을 앞둔 어린애처럼 기대와 기쁨으로 반짝이고 있었다.

하지만 30분 뒤.

그 표정에 빠르게도 그늘이 지기 시작했다.

"하아…… 이게 뭐야. 완전히 누구세요 수준인데."

시라카와는 A역 앞에 있는 패스트푸드점(저번에 야마나와 갔던 체인점의 다른 지점이다)에서 내 맞은편에 앉아 교과서를 펼친 채 머리를 싸매고 있었다.

"어디를 모르겠는데?"

"전부. 몽땅. 이 문장은 아예 이해가 안 되는데? 이게 뭐야."

시라카와가 가리킨 건 다음과 같은 문장이었다.

He is the last man to tell a lie.

"이거 말이구나. 우선 'tell a lie'의 뜻은 알겠어?"

"음…… '리에한테 텔을 한다'? 아, 알겠다. 전화 말이지? 할머니가 종종 용건이 생기면 '텔'을 하라고 그러셨어."

"흐으음……."

생각했던 것보다 상태가 심각하군.

"그럼, 그 앞부분은 알겠어?"

"'그는 마지막 남자다'……?"

"맞아. 'tell a lie'는 '거짓말을 하다'는 뜻이니까 직역하면 '그는 거짓말을 할 마지막 사람이다'라는 뜻이 돼."

"······무슨 뜻이야?"

"만약 온 세상 사람들이 전부 거짓말을 한다고 쳤을 때. 제일 거짓말쟁이인 사람부터 순서대로 거짓말을 한다 치면, 그는 제일 마지막에 거짓말을 할 거라는 뜻."

"아~ 아하?"

"무슨 의민지 알겠어? 요컨대, 그는 성실한 사람이다······ 라는 말이야."

"응. ······그러니까 류토를 말하는 거잖아."

시라카와의 말에 나는 그녀를 보았다.

"엥?"

그런 나에게 그녀는 미소를 지었다.

"온 세상 남자가 전부 바람을 핀다 해도 류토는 제일 마지막까지 안 피울 것 같아. 난 그렇게 믿어."

그렇게 말하고는 시선을 떨구며 기쁘게 웃었다.

"사귀기 시작한 뒤로 이런 생각까지 든 사람은 류토가 처음이야."

"시라카와······."

나는 멋쩍음에 괜히 턱을 긁적거렸다.

물론 바람을 피울 생각은 털끝만큼도 없지만, 그렇게까지 믿어 주니 낯간지러운 기분이 들었다.

"······그래서, 이 문장은 이해가 됐어?"

"응."

"그럼 다음 문장으로 가자."

창피한 마음에 얼른 진도를 빼려던 그때였다.

"앗, 잠깐만 기다려 봐."

시라카와가 그렇게 말하더니 노트와 샤프를 들고 자리에서 일어났다. 그리고는 이쪽으로 다가와 내 옆에 앉았다.

우리들은 2인용 테이블을 둘러싸고 마주 앉아 있었다. 시라카와가 그전까지 앉아 있던 좌석은 의자 형태였고 내가 앉아 있는 좌석은 벽에 설치된 벤치 형태의 시트로, 벤치 시트는 옆 테이블까지 이어져 있어서 확실히 두 사람 정도는 앉을 여유가 있었다.

"어…… 엇?"

갑작스러운 접근에 당황하는 내게 시라카와가 씩 웃었다.

"이 편이 보기 편하잖아?"

시라카와의 말대로 옆에 앉으면 군이 교과서를 옆으로 돌리고 둘이 몸을 틀 필요가 없었다.

"으, 응. 그럼, 다음 문장을 볼게."

동요를 감추며 설명을 이어가려 했지만,

"응응."

시라카와가 고개를 끄덕이자 그 움직임에 맞춰 가까이에 있는 머리카락이 살랑거리더니 꽃인지 과일인지 모를 향기가 콧속을 간질였다.

"……."

집중하자, 나!

그런데…… 아까 옆을 보다 눈치 챈 거지만.

같은 열의 테이블에는 우리 말고도 남녀 여러 팀이 앉아 있었다. 커플인지 친구인지는 모르겠지만 우리 둘을 제외하면 다들 여자가 벽 쪽…… 즉, 우리들이 지금 앉아 있는 쪽에 엉덩이를 붙이고 있었다.

설마 세상에는 그런 암묵의 룰이라도 있는 건가? 여자는 벽 쪽에 앉아야 한다? 아니면 벤치 시트는 여자가 우선이라든가……? 알 수는 없었지만, 왠지 급격하게 앉은자리가 불편해지기 시작했다.

"어…… 음, 그러니까……."

영문법으로 의식을 되돌리려 했지만, 시선을 내리자 이번에는 옆에 있는 시라카와의 치마 아래로 보이는 하얀 허벅지에 눈을 뺏기고 말았다.

만지고 싶다……. 하지만 내 캐릭터상 갑자기 그런 짓을 했다간 변태였다.

공부 중이야, 흥분하지 마. 참으라고!

"류토, 왜 그래?"

"어?! 아니, 그게, 다시 말하자면 말이지……."

결국 나는 세 번 정도 시라카와에게 '엥, 무슨 소리야?'란 질문을 받으며 겨우겨우 그 페이지의 설명을 마쳤다.

"……아, 그런 뜻이었구나."

설명을 다 들은 시라카와는 아까보다는 조금 개운한 표정을 짓고 있었다.

"좀 더 막 어려운 말을 하는 줄 알았어. 의외로 간단했구나."

"맞아. 지문이 길어지면 어려워 보이지만, 단어에 형용사나 전치사가 붙어서 늘어난 것뿐이니까."

"전치사??"

"아, 이를테면, 장소를 설명하는 in이나 at 같은 거."

"흐으음."

그 부분은 전혀 이해를 못 한 듯 보이는 것이 알기 쉬워서 귀여웠다.

"그래도 다행이야! 덕분에 살짝 희망이 보이기 시작했어! 고마워, 류토."

시라카와는 그렇게 말하며 자리에서 일어났다.

"햄버거 사러 가자! 마음이 놓이니깐 배가 고파졌어."

"그러게."

자리만 잡을 생각으로 교과서를 펼쳤는데 시라카와의 안색이 마음에 걸려서 공부를 시작한 거라 우리는 서둘러 아래층의 계산대로 향했다.

그렇게 점심밥을 획득한 뒤 테이블로 돌아왔을 때.

"아…… 시라카와."

나는 원래 앉아 있던 의자석에 앉으려던 시라카와에게 말을 걸었다.

"응?"

트레이를 내려놓던 손을 멈추며 그녀가 나를 본다. 그 커다란 눈동자가 귀여우면서도 눈이 부셔서 나는 무심코 눈을 내리깔았다.

"저기, 괜찮으면, 그쪽에 앉아……."

안쪽 벤치석을 가리키며 말하자 시라카와는 '엥?' 하고 고개를 갸 웃거렸다.

"아니, 그게……."

뭐라고 설명해야 좋을지 몰라 머뭇거리며 말한다.

"내가 여자애랑 같이 뭔가를 하는 데 익숙하지 않아서…… 뭔 가 이것저것 빼먹은 게 있다면 미안. 그쪽 자리가 더 나을 수도 있 다는 걸 이제야 깨달았어. 그럼 시라카와가 그쪽에 앉았으면 좋겠 어……."

"엇……."

시라카와는 그 말에 발그레 뺨을 붉혔다.

"따, 딱히 난 어느 쪽이든 상관없는데……."

그렇게 말하며 트레이를 안쪽에 놓고 벤치 시트에 앉는다.

"……고마워, 류토."

시라카와는 뺨을 상기시킨 채 나를 올려다보며 미소 지었다.

"미안, 미리 챙겨 주지 못해서……."

"아냐."

시라카와는 미소를 거두지 않은 채로 고개를 저었다.

"매뉴얼을 지키듯이 에스코트 받는 것보다는 훨씬 더 기뻐. 류토 의 그런 점이…… 좋아."

"……헛?!"

심장이 덜컹거리며 뛰었다. 그녀에게서 눈을 뗄 수 없었다.

시라카와가 수줍게 웃었다.

"자, 류토도 앉아."

그리고는 멋쩍음을 감추듯 일부러 목소리를 높여 말했다.

"어차피 먹고 나면 다시 옆자리에 앉을 거지만!"

"어?!"

"그렇잖아? 공부를 가르쳐 주기로 한 거 아니었어?"

눈동자만 위로 굴려 쳐다보는 통에, 심장 박동은 가라앉기는커녕
격렬해지기만 했다.

이런 귀여운 여친과 함께 시험공부를 할 수 있다니…… 나는 농담
이 아니라 정말로, 내가 세상에서 제일 행복한 사람이라고 생각했다.

◇

다음날부터 시험이 시작되었다. 나는 시험 기간 중의 방과 후에
도 시라카와와 스터디 모임을 이어갔다.

근처 고등학교들도 시험 날짜가 가까워졌는지, 늘 가던 패스트푸
드점도 공부하러 온 고등학생들로 연일 북적거리고 있었다.

스터디 모임 사흘째, 언제나처럼 점심을 먹고 잠시 공부한 뒤. 휴
식을 취하기로 한 우리들은 다시 마주 보고 앉아 셰이크를 마시고
있었다.

"……보니깐 커플로 공부하는 고등학생들이 꽤 많은 거 같아."

시라카와가 주위를 둘러보다 불쑥 말했다.

그 말을 듣고 보니 비스듬히 맞은편에도 교복을 입은 남녀학생이 테이블을 사이에 두고 앉아 말없이 노트에 필기를 하고 있었다. 나는 모르는 사람과 눈이 마주치는 게 부담스러워 별로 주위를 두리번거리지는 못했지만, 시라카와는 그밖에도 커플을 몇 명 더 발견한 눈치였다.

"굉장하다. 나한테는 남친이랑 공부하는 게…… 엄청 잠신? 한 일이었는데."

"참신……."

아마도 '참신'이라고 말하고 싶었던 모양이라고 머리 한구석으로 생각하며 시라카와가 한 말의 의미를 고민했다.

시험 전날 내가 '같이 공부하자'고 말했을 때 그녀의 반응을 떠올렸다.

―헐, 공부가 남이랑 같이 할 수 있는 거였어?

이런 데이트(?)는 처음인가?

……예전 남친들과는 하지 않았던 걸까.

그렇다면, 어째서였을까.

왠지 물어봐도 될 것 같은 분위기였기에 나는 입을 열었다.

"예전 남친……들은 공부를 가르쳐 주지 않았어?"

분명 대학생 남친도 있었다는 소문을 들은 기억이 나는데. 구 남친들을 향한 불쾌감을 접어둔 순수한 의문이었다.

처음에는 예전 남친들에 대해 생각만 해도 기분이 나빴는데…… 설마, 내 안에 조금은 자신감이 움트기 시작한 걸까?

시라카와의 남자친구로서.

"어……?"

시라카와는 허를 찔린 듯한 얼굴로 이쪽을 보았다. 그리고는 나와 눈이 마주치자 주뼛거리며 고개를 가로저었다.

"……그런 적 없었어. 다들 내 성적 따위엔 관심도 없었던 것 같아……. 그리고 '여자애는 공부를 못 해도 예쁘면 다 된다' 같은 말을 했어."

그 말에 시라카와가 어떤 생각을 했을지는 그녀의 굳게 다물린 입매를 보면 알 수 있었다. 그런 그녀를 보며 내 속에서 과거의 남친들을 향한 분노가 다시금 타올랐다.

"그렇구나……."

시라카와는 딱히 공부를 못해도 상관없다고 생각하고 있는 건 아니었다. 나와 이렇게 시험공부를 하는 것만 봐도 명백했다. 그런데도 그런 말을 하다니. 배려심이 너무 없었다.

그렇게 생각하며 입을 꾹 닫은 나를 시라카와가 미소 지으며 바라보았다.

"류토가 처음이야. 나한테 뭐라도 해 주려고 한 사람."

그 눈동자가 아주 살짝 가늘어지더니 일렁였다. 뺨도 장밋빛으로 반짝이고 있었다.

"그래서 나도, 막 처음 같은 기분이 들어."

"시라카와……."

가슴이 벅차올라 아무 말도 하지 못하고 있는데 시라카와의 미소에 수줍음이 섞여 들었다.

"……자, 다시 공부해 볼까!"

양손으로 뺨을 덮었다 머리카락을 만지작거린다. 부끄러울 때 하는 동작이었다.

"그럴까."

이렇게 사랑스러운 그녀를 나는 절대 상처 입히지 않으리라.

그렇게 맹세할 때까지만 해도, 나는 앞으로 벌어질 파란으로 가득 찬 여름날의 일들을 아직 무엇 하나 예견하지 못하고 있었다.

◇

기말시험은 소리 없이 진행돼 갔다.

나흘째 시험 날에는 집으로 돌아가기 전 종례시간에 첫날 쳤던 영문법 시험지를 돌려받았다.

"와~, 이것 봐, 류토!"

답안지를 받아든 시라카와가 그대로 내 자리로 다가왔다.

"짜잔!"

얼마나 멋진 점수를 받았길래…… 그렇게 생각하며 답안을 쳐다본 나는 이름란 옆에 적힌 '42'라는 숫자에 눈썹을 찌푸렸다.

"……으음?"

시라카와가 '어때? 어때?' 하고 묻는 듯한 얼굴로 바라보고 있었기에 어떤 반응을 취해야 좋을지 알 수 없었다.

"오오……?"

"굉장하지 않아? 저번보다 더 떨어질 게 분명하다고 생각했는데 올라갔어! 류토 덕택이야, 고마워!"

"아, 아냐, 그렇게 대단한 일을 한 것도 아닌데……."

"류토는 몇 점 받았어? 보여줘."

시라카와의 말에 답안지를 보여주자 그녀의 커다란 눈이 더 크게 뜨였다.

"굉장하다~! 류토는 사실 신인 거 아냐?!"

"아니, 그 정도는……!"

흡사 100점짜리 답안지를 보여준 것 같은 반응이었다. 87점이었기에 반 애들이 주목할까 봐 창피했다.

"잘됐네, 시라카와. 저번보다 올라서."

억지로 화제를 돌리자 시라카와는 활짝 웃으며 고개를 끄덕였다.

"응! 고마워, 류토!"

그렇게 그녀가 자기 자리로 돌아간 뒤, 한숨을 돌리며 시험지를 가방에 넣으려고 했을 때였다.

"카시마."

옆자리에서 소리가 나 시선을 보내자 쿠로세가 이쪽을 보고 있었다.

쿠로세…… 시라카와의 쌍둥이 여동생으로 내가 중1 때 고백했다 차인 상대.

부모님의 이혼으로 어머니 쪽에 맡겨졌고, 시라카와에게 아버지를 빼앗겼다는 원망에 전학 왔을 당시 시라카와에 대해 안 좋은 소문을 흘렸다.

그 사건 뒤로는 쿠로세와 얘기한 적이 거의 없었다. 매일 아침 인사 정도는 했지만 쿠로세는 늘 머뭇거렸고 나도 신경을 쓰고 있었다. 자신의 성장 과정에 대해 다 알고 있는 내게 거북함을 느끼는 건 당연하니까.

"왜?"

그래서 웬일로 먼저 말을 걸었나 싶어 대답하자 쿠로세는 주뼛거리며 입을 열었다. 뺨이 살짝 붉어져 있었다.

"카시마는, 머리가 좋구나."

"어?"

"점수, 봤어. 영어를 잘하나 봐?"

"어, 아……."

시라카와한테 건네줬다가 돌려받았을 때 봤다 보다. 자랑하고 싶은 마음은 없었기에 창피해져서, 작게 접은 시험지를 이번에야말로 가방 안에 넣었다.

"딱히 그렇지는……. 싫어하는 건 아니지만."

"부럽다. 난 조금 싫어하거든. 내일 있을 영어회화 시험도 걱정돼."

쿠로세는 눈썹을 팔자로 만들며 입 끝을 올렸다. 그리고는, 살짝 주저하는 기색으로 말을 꺼냈다.

"저기…… 괜찮으면, 공부 좀 가르쳐 줄래?"

"어……."

내가 당황하자 쿠로세는 황급히 입을 열었다.

"아…… 저번에 카시마가 나무란 일은 내 잘못이었다고 반성하고 있어. 나한테 제대로 쓴 소리를 해 준 카시마한테도 고맙다고 할까…… 아무튼, 나쁜 감정은 갖고 있지 않아."

"……그, 그래?"

그렇다면 다행이고…….

시라카와를 힘들게 했다는 점 때문에 나는 아직 쿠로세에게 꽁한 감정을 갖고 있지만 말이다. 시라카와 본인도 이미 개의치 않는 듯하니, 용서해 주는 것이 분명 그녀를 위해서도 나으리라. ……쿠로세는 시라카와의 동생이니까.

복잡한 감정에 사로잡힌 내게 쿠로세는 눈을 내리깔며 말했다.

"나, 아직 학교에 적응을 못 했거든……. 친구도 얼마 안 되고…… 카시마가 가르쳐 주면, 기쁠 것 같아."

"그, 그래……?"

그렇다 처도 왜 하필 나한테? 불편하지 않나? 싶은 생각이 들었지만, 그 사건 이후로 쿠로세가 반 아이들에게 긁어 부스럼 취급을 받게 된 건 사실이었다.

일부 마음씨 착한 아이들과 얼굴이 목적인 남자애들은 여전히 그녀에게 말을 걸어 주는 듯했지만, 확실히 특정 아이들과 친해진 기미는 없었다.

아무리 자업자득이라도, 조금 불쌍하긴 했지만…….

"미안. 시험 기간 동안 시라카와랑 공부하기로 약속해서."

그렇게 거절하자 쿠로세는 고개를 숙이며 입을 꾹 다물었다.

"……그렇구나. 알았어."

입 밖으로 흘러나온 음색이 차분해서, 나는 안심했다.

그러자 쿠로세는 바로 고개를 들더니 다시 나를 보았다.

"그럼, 여름방학 때는? 내가 수학도 잘 못해서, 숙제 중에 모르는 부분을 좀 물어보고 싶은데……."

그 말에 나는 힐끗 뒤쪽을 보았다.

"수학이라면 나보다는 잇치…… 이지치가 훨씬 잘해. 소개해 줄까?"

전체적으로 처참했던 중간고사 때도 수학만큼은 고득점이었으니 실력은 확실할 것이었다.

하지만 내 친절이 전달되지 않은 모양인지 쿠로세는 단숨에 표정을 굳혔다.

"……됐어."

딱딱한 목소리로 그렇게 대답하나 했더니 이내 다시 눈을 들었다.

"그, 그럼…… LINE 아이디만이라도 물어봐도 돼?"

"엇, 잇치 거?"

"아냐! 카시마 거!"

바락 화를 내는 듯한 대꾸에 나는 부당함을 느끼며 당황했다.

"사, 상관은 없지만…… 난 먼저 연락하지 않을 건데 괜찮겠어?"

야마나에게 LINE 메시지가 온 걸 봤을 때 시라카와가 보였던 미묘한 반응이 떠올랐다. 시라카와를 불안하게 만들지 않겠다고 결심한 게 엊그제인데 다른 여자애한테 연락하는 건 되도록 피하고 싶었다.

"……알았어. 내가 연락하고 싶어서 그래."

쿠로세가 어두운 표정으로 대답했고, 나는 주춤했다.

"그, 그렇구나……."

그렇게 친구가 없나……? 안쓰러움을 넘어 살짝 걱정이 되기 시작했다.

"……고마워."

선생님 몰래 책상 밑에서 친구 등록을 마치자 쿠로세는 설핏 뺨을 붉히며 중얼거렸다.

아, 역시 귀엽네…….

내가 지금 좋아하는 사람은 시라카와지만, 이런 쿠로세를 보면 그녀를 짝사랑하던 당시의 기분이 떠올랐다.

하지만 이미 끝난 일이니까. 나는 그 사실에 약간의 허전함을 느끼며 그녀의 연락처를 저장한 스마트폰을 잠금 상태로 돌려놓았다.

◇

기말시험 마지막 날 아침, 기상청에서 장마가 끝났음이 발표되었다.

"야호~, 여름방학이다~!"

둘이서 걸어가던 하굣길에서 시라카와는 오랜만에 진심에서 우러나온 상쾌한 표정을 짓고 있었다.

"그나저나 더워! 녹아내릴 것 같아~."

하얀 구름이 떠다니는 한여름 정오의 맑게 갠 하늘을 올려다보며 시라카와는 '흐어어' 하고 혀를 내밀었다.

가슴골이 보일 듯 말 듯 아슬아슬한 앞섶에 손부채질로 바람을 흘려보내는 바람에, 절로 시선이 그쪽을 향해 가는 것을 어쩔 수 없었다.

"바다 가고 싶어~, 바다! 땅 위에선 더는 못 있겠어."

"헉, 바다에 잠수하려고? 다이빙?"

"아니~, 해변에만 있을 거야~. 가끔 바다에 들어가면 시원하잖아."

"아, 그런⋯⋯."

그럼 해변도 '땅 위' 아닌가 싶었지만, 말꼬리를 잡는 남자로 비치는 건 원하지 않았기에 침묵을 지켰다.

그러자 시라카와가 내 눈을 들여다보았다.

"있잖아, 내일 무슨 날인지 기억해?"

"어?"

뭐였더라⋯⋯. 그렇게 생각하는데 시라카와가 '정말~' 하며 입을 삐죽거렸다.

"한 달! 우리가 사귄 지 한 달째 되는 기념일이라고."

"⋯⋯아!"

듣고 보니 내가 고백한 게 지난 달 이맘때쯤이었다.

시라카와와 함께 있으면 매일이 신선하고 자극적이라 체감상 상당한 시간이 지난 것 같은데도 아직 한 달밖에 안 됐구나.

"저기, 한 달 기념으로 바다에 가지 않을래? 장마철도 지났으니까."

"어? 응…… 좋아."

그렇게 말은 했지만 해수욕이라면 초등학생 때 부모님을 따라 해마다 한 번씩 가본 경험이 다였다.

"야호! 그럼 내일 봐!"

"으, 응……."

심지어 내일. 미리 알아볼 여유도 없었다.

잠깐, 바다?!

설마 수영복을 입은 시라카와를 볼 수 있다는 뜻인가?!

비키니 차림의 시라카와와 하루를 같이 보낼 수 있다고……?! 정신없이 놀다가 터질 듯이 꽉 끼는 수영복이 훌렁 벗겨진다거나…… 하는 일은 아마도 일어나지 않겠지만, 큰일이다. 망상이 멈출 생각을 하지 않는다……!

"……왜 그래, 류토? 멍하니."

"어, 아니! 아무것도 아냐."

안 되지, 안 돼. 이런 데서 망상을 하느라 상체를 엉거주춤하게 수그린 채 걷고 있다간 시라카와한테 바로 들키고 말 것이다.

"기, 기대된다, 바다."

"응! 엄청 기대돼!"

그리하여 우리들은 내일, 한 달 기념 바다 데이트를 하게 되었던 것이었다.

제1.5장
쿠로세 마리아의 비밀일기

카시마 류토는 대체 무슨 생각이지?

이렇게 귀여운 내가 연락처를 묻는 데도 그런 태도라니.

심지어 내가 보낸 메시지에 답변도 퉁명스럽고.

열 받아…….

열 받지만, 카시마 생각이 머리를 떠나지 않는다.

나를 나무라던 때의 진지한 눈빛. 아버지를 제외하면 날 똑바로 쳐다봐 준 유일한 남자.

하지만 내가 아무리 웃으며 말을 걸어도 카시마의 미소는 언제나 루나를 향하고 있어…….

그랬구나……. 카시마는, 아버지를 조금 닮았구나.

아버지도 어머니 말고 다른 여자에겐 눈길도 주지 않았는데. 잠깐 한눈을 판 적은 있었을지 몰라도 오직 어머니만을 사랑했다.

그런데도 어머니는 아버지를 버렸다.

카시마, 눈치 채. 넌 루나한테 속고 있는 거라니까? 분명 얼마 안 가서 버려질걸. 루나는 어머니를 많이 닮았거든.

그러니까, 카시마한테는 내가 더 잘 어울려.

얼른 눈치 채.

내 마음은 이미 카시마 거니까…….

제 2 장

다음 날도 아침부터 쾌청한 여름 날씨였다.

"좋은 아침! 완전 기대된다!"

전철역 승강장에서 만난 시라카와는 이미 여름 해변에 도착한 듯한 복장이었다.

어깨를 통째로 드러낸, 그런데도 팔뚝에만 하늘거리는 소매가 달려 있는 신기한 상의는 남국에 자라는 식물 같은 게 —이런 걸 보태니컬 무늬라고 하던가?— 프린팅되어 있어서 여름 느낌이 물씬 풍겼고, 대미지 데님으로 된 쇼트 팬츠는 이대로 점점 올이 풀려서 속옷이 보일까 봐 걱정이 될 만큼 길이가 짧았다. 거기다 커다란 가방과 챙이 넓은 밀짚모자를 매치해 당장 하와이로 여행이라도 떠날 것만 같았다.

"너무 기대돼서 여름방학용으로 사둔 아이템들로 전부 코디해 왔어! 수영복도 새로 산 거야~!"

시라카와는 들뜬 기색으로 보고해 왔다.

"있지 있지, 어때?"

"웅. ……잘 어울려."

내가 말하자 시라카와는 해바라기가 핀 것처럼 환하게 웃었다.

"와아!"

그녀는 그 자리에서 껑충 뛰어오를 듯이 기뻐하며 내 팔을 잡았다.

"그럼 가자! 얼른 전철을 타고 바다로 가자!"

오늘은 시라카와의 제안으로 에노시마에 가기로 했다. 어린 시절 가족과 함께 드라이브 겸 다녀온 적이 있는지 오랜만에 가고 싶다고 했던 것이다.

"시라카와는 여름에 자주 바다에 가?"

운 좋게 A역부터 전철 내에서 자리에 앉을 수 있어서 우리들은 나란히 앉아 수다를 떨었다.

"으음. 최근엔 수영장만 갔었어."

"그래? 바다를 좋아하는 것 같은데."

"웅. 좋아하긴 하지만, 여자애들끼리만 가면 헌팅 땜에 귀찮으니까."

"그, 그렇구나……."

저도 모르게 시라카와가 서퍼 계열의 훈남에게 헌팅 당하는 장면을 상상하고는 얼굴을 굳히고 말았다.

친한 척 '뭐 어때, 가자.' 같은 소리를 하며 맨 살갗이 드러난 허리에 손을 두르거나 한다면……. 상상만 해도 끔찍한 기분이 들었다.

그런 녀석이라도 고백을 해 왔을 때 솔로였다면 사귀고 말았으려나? 그리고 양다리를 당해서…….

"그래서 남친이 있을 때가 아니면 갈 수가 없는데, 최근엔 여름에 솔로일 때가 많았으니까."

"……."

"그래도 올해엔 외삼촌이……."

얘기를 이어가려던 시라카와가 거기서 내 얼굴을 보더니 말을 멈췄다.

"류토?"

"응?"

"……무슨 문제라도 생겼어?"

"엉?"

내가 묻자 시라카와는 살짝 미간을 찌푸렸다.

"음, 나 말이야, 요즘 좀 류토가 생각하는 거랄까? 기분을 알게 된 것 같은 느낌이 들어."

무슨 말이 하고 싶은 걸까 의아해하는데, 시라카와가 나를 물끄러미 쳐다보았다.

"류토는 내가 예전 남친들 얘기를 하면 살짝 미묘한 표정이 되더라."

"엇…… 아니, 그건."

들켰나 싶어 안절부절못하자 시라카와는 진지한 얼굴로 말했다.

"걱정 마. 지금은 예전 남친들 중에 아무도 연락하지 않으니까. 난 헤어지면 LINE 계정까지 싹 지우거든. 연락처는 그것밖에 모르니까. 덕분에 친구들이 엄청 뭐라고 하지만."

"으, 응. ……알고 있어."

시라카와를 의심하는 건 아니다. 내 기분 문제였다.

"신경 쓰게 해서 미안. 딱히 의심하는 건 아니니까."

"그래?"

"응. 여자랑 사귀는 게 처음이라서 이래저래 어색한 게 많아. ……좀 지나면 익숙해질 테니까."

"그런가……?"

시라카와는 완전히 납득한 눈치는 아니었지만, 그 화제를 끝내기로 한 모양이었다.

"그래서 말인데…… 어라? 무슨 얘기를 하는 중이었더라?"

"엥? 뭐였지?"

"뭐, 됐어. 맞다, 어젯밤부터 새로 게임을 시작했는데~."

그 뒤 시라카와가 스마트폰 게임 얘기를 시작해서, 나도 다운로드해 둘이서 생명을 주고받으며 플레이를 하고 있었더니 눈 깜짝할 사이에 후지사와에 도착했다.

후지사와에서 에노시마 전철로 갈아타고 다섯 정거장, A역에서 대략 1시간 반을 걸려 우리들은 에노시마에 도착했다.

◇

그리고 에노시마 해변에 왔다.

태양이 바로 위에서 쨍쨍 내리쬐는 해변은 수많은 인파들로 넘쳐나고 있었다. 선글라스를 쓴 갸루나 투블럭 헤어의 우락부락한 형님들이 신나는 음악을 BGM 삼아 수영복 차림으로 모래사장을 활보하고 있다. 아싸인 나는 그 모습만 보고도 주눅이 들었다.

겨우 바다의 집*에 도착해 사물함을 빌리고 물놀이를 할 준비에 들어갔다. 시라카와보다 빨리 옷을 갈아입은 나는 밖에서 안절부절 못하며 그녀를 기다렸다.

시라카와의 수영복…… 시라카와의 수영복…… 생각만 해도 혈압이 올라갔다. 비치 샌들을 벗으면 바로 발바닥이 지져질 듯이 뜨거운 모래사장에서, 시라카와의 수영복 차림을 봤다간…… 일사병에 걸려 쓰러지는 게 아닐까.

괜찮아. 어젯밤에 충분히 이미지 트레이닝을 해뒀으니까. 아무리 내가 동정이라도…….

그때였다.

"누~구게!"

나긋한 손가락이 눈가를 불쑥 가리더니 귓가에 해맑고 사랑스러운 목소리가 들려왔다. 주위를 감도는 과일인지 꽃인지 모를 향기.

"……시, 시라카와?"

동요한 나머지 말이 의문형으로 튀어나오고 말았다. 시라카와 말고 다른 사람일 리가 없는데.

손이라곤 해도 예상치 못하게 닿은 맨살과 지척에서 느껴지는 숨결에 뇌가 끓어올라 넘칠 것 같았다.

"정~답!"

---

* 바다의 집 : 일본의 해수욕장마다 있는 식당, 샤워장, 대여소 등 편의시설들을 합친 가건물을 말한다.

그러자 시야가 밝아졌고, 나는 뒤를 돌아보았다.

그곳에 있던 것은…….

"짜잔~! 어때?"

비키니를 입은 시라카와였다.

"……."

어떤 수영복을 입고 있든 무조건 칭찬해 줄 생각이었는데, 저도 모르게 말문이 막히고 말았다.

시라카와의 수영복 차림은 상상했던 것보다 훨씬 더 좋았다.

균형 잡힌 몸매를 강조하듯 딱 붙는 실루엣의 꽃무늬 비키니. 볕에 타는 걸 방지하려고 파카나 레깅스를 받쳐 입은 여자아이도 적지 않은 가운데 시라카와의 거침없는 비키니 차림은 섹시함을 넘어서 오히려 건강하게 느껴졌다.

묵직해 보이는 두 가슴을 받친 브래지어 형태의 수영복에서 눈을 뗄 수 없었다. 평소에는 교복 블라우스 사이로 그늘진 가슴골이 살짝 보이는 게 다였는데 (그래도 가슴은 두근거렸지만) 지금은 가슴골의 전체 모습은 물론이고 가슴 윤곽까지 똑똑히 확인할 수 있었다. 엉덩이에서 허벅지로 내려가는 라인도 적당히 육감적이고 근사했다.

이런 여신 같은 스타일의 미소녀가 내 여자친구라니……. 우리 고등학교는 수영장이 없으니 반 아이들은 아무도 이런 시라카와를 모르겠지.

평소에 옆에 있기만 해도 가슴이 두근거리는, 이런 복장의 시라카와와 하루를 같이 보내다니…… 그러다 자칫 맨살끼리 닿기라도 했다간…… 아, 안 돼, 너무 생각하면 머리가 이상해질 것 같다. 나도 얇은 수영복 한 장만 걸치고 있었기에 과도한 흥분은 피하고 싶었다.

"엥, 왜? 어디가 이상해?"

자신의 전신을 체크하는 시라카와를 보며 머릿속으로 그 모습을 찬양하던 나는 황급히 고개를 저었다.

"아니! 그게, 저기……."

"응? 뭔데 뭔데?"

시라카와는 흥미진진한 기색으로 불쑥 내 옆으로 다가왔다. 한없이 알몸에 가까운 매혹적인 몸에서 끝까지 시선을 피하기란 불가능했다.

아, 알고 이러는 거구나. 내가 수줍어서 아무 말도 못 하고 있다는 걸.

분했지만, 그렇다고 해결할 방법이 생기는 건 아니었다…….

"얘 좀 봐~! 비키니 입은 여자애랑 바다에서 데이트하게 돼서 즐거워?"

내 반응이 그렇게 우스운지 시라카와는 본격적으로 놀리기 시작했다.

"시, 시라카와……!"

"아하하, 류토 얼굴이 새빨개~!"

시라카와는 그렇게 말하더니 내 손을 잡고는 바닷가 쪽으로 끌어당겼다.

"자, 가자! 얼른 안 가면 여름이 끝나 버릴 거야~!"

"잠깐, 이제 막 시작됐다고!"

나는 맨살을 통해 느껴지는 그녀의 체온 때문에 빨라지는 고동과 달아오르는 뺨을 창피해하면서도, 간신히 그렇게 태클을 걸었다.

"있잖아, 류토. 선크림 좀 발라 줄래?"

해변에 비닐 돗자리를 깔고 짐을 내려놓자 시라카와가 그런 말을 해 왔다.

"등에 안 닿아서 그런데…… 괜찮을까?"

뭐, 뭐라고?!

"……으, 응."

나는 군침을 삼키며 고개를 끄덕였다.

시라카와의 등에 선크림을 바른다는 건…… 즉, 당연히, 맨살을 만진다는 뜻이다.

"고마워! 자, 여기."

그러자 시라카와가 선크림 통을 넘겨주더니 돗자리에 엎드려 누웠다.

제대로 천이 대어져 있는 앞면과 달리 등 쪽의 수영복은 달랑 끈하나라 상반신은 거의 알몸이라 해도 과언이 아니었다.

가녀리고 하얀 등…… 살짝 작긴 해도 확실히 솟아오른 동그란 힙라인…….

큰일인데. 뇌가 끓어오를 것 같다…….

"그, 그럼, 바를게……."

"웅~, 부탁해!"

긴장 때문에 뻣뻣해진 나와는 반대로 시라카와는 느슨하게 이완된 목소리로 밝게 대답했다.

선크림을 덜어낸 손으로 그 하얀 등을 만지자, 피부가 미끈거리며 매끄럽게 미끄러졌다. 당연하게도 아주 살짝 따스하고, 한없이 바르고 싶어지는 감촉이었다. ……하지만 이런 생각을 하고 있다는 걸 들켰다간 기분 나빠할 게 뻔했기에, 어디까지나 투철하게 작업에 임하는 자세로 묵묵히 선크림을 퍼 발라 나갔다.

"아, 수영복 밑에도 발라줘! 끈을 건드려도 되니까."

수영복 주변을 슬쩍 피해서 바르는 걸 눈치 챘는지 시라카와가 그렇게 말했다.

"어, 어후?! ……웅, 알았어."

당황해서 이상한 소리를 내 버렸는데, 알아채진 않았겠지.

나는 가슴을 두근거리며 왼손으로 수영복 끈을 잡고 그 밑에 선크림이 묻은 오른손을 쑥 넣었다. 같은 등이라는 점은 다르지 않은데, 왜 이렇게 고동이 빨라지는지 알 수 없었다.

"푸흡!"

그 순간, 시라카와가 별안간 참았던 웃음을 터트렸다. 나는 손을 멈췄다.

"왜, 왜 그래?"

"류토 손길이, 왠지 간지러워서."

"아, 미안……."

끈적대는 것처럼 보일까 봐 조심스럽게 만져서 그런가.

그런데 방금 시라카와의 목소리, 엄청 야했지…….

낑낑거리며 음미하고 있자니 혈류가 한 곳으로 모일 것만 같아서 그때부터 나는 구구단의 13단에 대해 생각하며 오로지 선크림을 바르는 기계가 되었다.

"고마워, 류토!"

선크림을 다 바르자 시라카와는 활기차게 감사인사를 하며 몸을 일으켰다.

"아니, 저야말로 정말 감사했습니다……."

"응? 뭐가?"

"어?! 아니, 아무것도 아냐."

실수했다, 마음의 소리가 새어나왔다.

그저 선크림을 발라줬을 뿐인데, 정신적으로 소모돼서 녹초가 되고 말았다. 아무렇지 않게 해수욕 데이트를 하는 세상 남자친구들이 존경스러웠다.

나, 기분 나쁘겠지. ……동정이란 걸 다 티내고 있으니.

주위를 둘러보자 여자친구를 데리고 와 있는 남자들의 당당한 자태가 눈에 들어와 기가 죽었다.

대부분 이 동네 사람들인지 다들 벌써부터 피부가 살짝 밀빛이었고, 날씬하고 근육질에 헤어스타일도 멋져 보였다. 그렇겠지, 여친과 바다 데이트를 하려고 마음먹을 만큼 능력자니까.

같은 고등학생 또래로 보이는 남자가 비키니를 입은 여자친구의 허리에 손을 대고 걷는 것을 보자 저도 모르게 '너, 인생 몇 회차야?'라고 묻고 싶어졌다. 인싸들이란 대단하다.

틀림없이 시라카와의 예전 남친들도……. 그에 비하면 나는…….

그렇게 생각하자 집돌이라는 게 빤히 보이는 자신의 허여멀건 몸이 부끄러워졌다. 수영복도 중3 때 입시 스트레스로 어째서인지 남자들끼리 풀장에 가자는 얘기가 나왔을 때 샀다가 처박아둔 것을 꺼내온 것이었다.

나 같은 남자애가 이런 곳에서 이런 귀여운 여자애와 같이 있다니, 웃기겠지…….

"류토!"

그때였다.

눈앞에 핑크색 구체가 날아와 반사적으로 양손으로 받아들었다.

비치볼이었다. 어느새 바다 쪽으로 이동해 있었던 시라카와가 날 향해 공을 던졌던 것이다.

"얼른 바다에 들어가자! 이리 와~!"

그 환한 미소를 보자, 방금까지 생각했던 것들이 조금 별것 아닌 것처럼 느껴졌다.

"갈게!"

나도 시라카와에게 대답하며 바다로 향했다.

그리하여 바다로 들어간 우리들은 가까운 거리에서 비치볼을 주고받으며 놀았다.

"갈게, 류토!"

"응!"

"여기~!"

"응!"

"꺅, 물이 튀었어~!"

그리 멀지 않은 거리라 공을 치는 내 손에서 물보라가 날아가 시라카와의 얼굴에 튄 모양이었다.

"앗, 미안!"

그러자 시라카와는 짓궂은 미소를 지었다.

"그럼, 복수다!"

"우왁!"

얼굴에 물이 튀기자 짜고 비릿한 맛이 입에 퍼졌다.

"이렇게 나오겠단 말이지, 시라카와."

"에헤헤."

시라카와가 장난꾸러기 같은 얼굴로 나를 보고 있다.

"······좋았어."

"꺅!"

내가 가볍게 물을 끼얹자 시라카와는 몸을 틀어 피했다. 그리고는 바로 손으로 수면을 퍼서 내 쪽으로 뿌렸다.

"왁!"

나도 질세라 물을 끼얹었다. 처음에는 화장을 한 얼굴이 젖을까

봐 소심하게 뿌렸지만, 시라카와가 거침없었기에 나도 점점 대담해
졌다.

"아하하, 그만해~, 류토!"

"너야말로!"

한여름 낮 태양 아래 우리들은 어린아이처럼 환호성을 지르며 물
놀이를 즐겼다.

◇

얼마나 놀았을까. 물장난을 친 뒤에는 빌려온 튜브를 한 사람씩
타고 서로를 가라앉히거나 물속에서 술래잡기를 했다. 그러는 사이
정신이 들자 태양의 위치가 제법 바뀌어 있었다.

시라카와는 사람을 즐겁게 만드는 데 도가 튼 천재였다. 바다는
인싸들을 위한 공간이라 생각했고, 시라카와와 사귀기 전에는 고등
학생씩이나 됐는데 바다에 가서 할 게 뭐가 있겠냐고 생각했던 나는
어느새 바다를 한껏 만끽하고 있었다.

"우와, 머리카락이 축축해."

일단 쉬기로 하고 바다에서 나오자, 시라카와가 머리카락을 짜며
웃었다.

"아~, 재밌었어."

시라카와는 바다로 들어가기 전에 머리를 묶었지만, 그것도 무색
할 만큼 온몸이 흠뻑 젖어 있었다. 튜브에서 떨어지기도 했으니 당

연한가.

"배고프지 않아?"

"그러게. 뭐라도 먹을까?"

그 뒤 우리들은 바다의 집에서 야키소바와 타코야키를 사서 해변에 깔아둔 시트 위에 앉아 식사를 했다.

배가 채워졌을 때쯤, 시라카와는 후 하고 한숨을 쉬며 하늘을 올려다보았다.

"오늘, 날씨가 좋아서 다행이다~!"

"그러게. 태풍이 갑자기 다가오고 있다는 얘기도 들었는데, 딴 데로 갔나?"

장마철이 끝나기 무섭게 태풍이 몰아치다니, 정말이지 요즘 일본 날씨는 이상했다.

"내 평소 행실이 좋아서 그래~! 류토도 감사해."

그에 관해서는 태클을 걸 것도 없었기에 나는 '그러게.' 하고 웃으며 손에 쥐고 있던 병 안의 라무네*를 꿀꺽 마셨다.

많이 익숙해지긴 했지만, 그래도 이렇게 옆에…… 살짝만 몸을 뒤척여도 피부와 피부가 맞닿을 듯한 거리에 수영복 차림의 시라카와가 있다고 생각하자 또다시 가슴이 두근거렸다.

수영복 차림이라고 하니.

"……시라카와, 아까는 말을 못 했는데."

계속 머리 한편에 찝찝하게 남아 있었던지라, 한참 늦었지만 전달

---

* 라무네 : 탄산이 들어간 일본의 유산균 음료

하고 싶었다.

"응?"

시라카와가 무슨 일인가 싶어 의아해하는 얼굴로 내 쪽을 쳐다본다. 그런 그녀에게 나는 말했다.

"슈, 수영복……."

망했다. 하필 혀를 씹다니. 하지만 일단 말을 꺼낸 이상 여기서 관뒀다간 수상한 사람이 되고 말 것이었다.

"엥? 수영복?"

시라카와가 이어질 말을 기다리며 내 쪽을 바라보고 있었다. 나는 그 압박감에 조바심을 느끼며 말을 이었다.

"그 수영복…… 자, 잘 어울린다고."

거우 그 말을 하자 시라카와의 뺨이 확 붉게 물들었다.

"류토……."

물기에 젖어 반짝이는 눈동자로 시라카와는 조급하게 입을 열었다.

"지, 지금 그렇게 말하기야~?! 치사하지 않아?!"

"엥, 뭐가?!"

"그 말이 나올 줄은 생각도 못했단 말이야!"

쑥스러움을 감추듯 소리를 지르더니 시라카와는 '에헤헤' 하고 웃었다.

"하지만 고마워. 이 수영복 귀엽지? 저번 달에 니콜이랑 같이 사러 갔어! 서른 벌 정도 입다 보니까 끝에 가서는 니콜도 '대체 언제쯤 결정을 내릴 거야?' 하고 좀 짜증을 냈지만."

"그건 확실히……."

야마나, 정말 친구에 대한 의리가 두텁구나…….

"아무튼, 니콜한테 바다에 놀러 간다고 했거든. 그랬더니 어제 알바를 마치고 우리 집에 와서 네일을 해 줬어! 이것 봐~!"

시라카와는 그렇게 말하며 내 앞에서 양손을 펼쳤다.

"수영복이랑 같은 무늬로 해 줬어! 완전 잘됐지? 엄청 귀엽지?!"

"응, 굉장하다."

네일숍에서 전문가에게 받은 건 줄 알았다. 나처럼 꾸미기에 무관심한 사람의 눈에는 그렇게 보일 만한 완성도였다.

"여름방학이니까 스캅춰 해 줬어."

"스캅춰?"

"길이를 연장하는 거? 짧은 손톱을 인공적으로 늘리는 거! 자연 손톱보다 튼튼하고 아트 범위도 넓어져."

"그렇구나."

"화려하게 손톱을 꾸밀 수 있으니까 여름방학에 제격이지!"

"어, 그런데 다음 주에도 학교에 가야 되지 않아?"

다음 주는 종업식 때문에 딱 하루 더 등교해야 했다. 거기서 돌려받지 못한 기말시험 답안지와 성적표를 받으면 진짜로 여름방학이다.

"뭐, 조금 일찍 했다 치지 뭐."

시라카와는 윙크했다.

"아무튼 이 네일 엄청 맘에 들어! 맞다, 바다랑 같이 사진을 찍어서 인스타에도 올려야지~!"

그렇게 말하더니 시라카와는 스마트폰을 들고 바다를 향해 한쪽 손을 펼쳤다 손가락 끝을 오므렸다 하며 찰칵찰칵 사진을 찍기 시작했다.

나는 그런 그녀를 묵묵히 지켜보았다.

찍히는 건 손뿐인데도 조건반사인지 셔터를 누를 때마다 무의식 중에 귀여운 표정을 짓는 것이 사랑스러웠다.

그러다 문득 곁눈질로 내 쪽을 보던 시라카와와 눈이 마주쳤다.

"……앗, 미안!"

그녀는 황급히 스마트폰을 내려놓았다.

"이제 다 끝났어. 심심했지."

"아니, 안 그래."

나는 고개를 저으며 시라카와의 네일을 가리켰다.

"그거, 약지에 'L'이라고 적혀 있는 거 맞지? 이니셜이야?"

내가 묻자 시라카와는 활짝 얼굴을 폈다.

"맞아! 니콜이 마음대로 넣어준 거야~! 사실은 'RUNA'의 'R'로 하려고 했는데, 달의 여신인 LUNA랑 같은 'L'로 해 준 거래!"

"응, 왠지 그럴 것 같았어."

달의 여신인 줄은 몰랐지만, 'LUNA'가 뭔가 달과 상관있는 이름이라는 건 기억하고 있었다.

"용케 눈치 챘구나~! 굉장하다! 기뻐!"

시라카와는 감탄하더니, 불현듯 눈가에 그늘을 드리웠다.

"……류토는 '그런 손톱을 하고 다니면 거추장스럽지 않냐'고 묻지 않는구나."

"어……?"

무슨 뜻인가 싶어 고민하는데, 시라카와가 표정을 흐리며 말을 이었다.

"'집안일을 할 수는 있냐'든가 '손은 제대로 씻고 다니냐'든가 '남자는 그런 걸 좋아하지도 않는데 하는 이유가 뭐냐'든가 '닿으면 아플 것 같아서 싫다'는 생각은 안 해?"

"엉?"

어떻게 그런 예시들을 막힘없이…… 까지 생각하다 퍼뜩 깨달았다.

그것은 여태껏 시라카와가 예전 남친들에게 들어온 말이었을지도 몰랐다.

십중팔구 그럴 것이다.

"그런 생각 안 해. 그리고…… 혹시나 생각하더라도 입 밖으로 내거나 하지 않을 거고."

그렇다면 내 마음을 솔직하게 털어놓자.

"그도 그럴 게 시라카와는 네일을 좋아하잖아? 조금 불편함 정도는 감수할 수 있을 만큼 기분이 좋아지니까 계속하는 거 아냐?"

"으, 응. ……맞아. 그래."

시라카와는 당황하며 고개를 끄덕였다.

"그럼…… 된 거라고 생각해."

적어도 내가 그걸로 불평할 권리는 없다고 생각한다.

나도 타인에게 'KEN의 영상 따위 본다고 인기가 생기겠어? 기분

나쁘니까 그만두지 그래?' 같은 소리를 듣는다면, 설사 그것이 정말
로 좋아하는 여자친구라고 해도 불쾌한 기분이 들 것이었다.

　남에게 당하기 싫은 일은 나도 하지 않는다. 나는 네일에 대해 아
는 게 없지만, 시라카와에게 그것은 아마도 멋진 것일 테니까.

　"게다가…… 좋아하는 걸 얘기하고 있을 때의 시라카와는, 엄청
생기에 넘쳐서……."

　머릿속으로 생각만 하고 있을 때는 술술 말할 수 있었던 문장인데
도, 입 밖으로 내려고 하니 창피함에 말문이 막히고 말았다.

　"……귀, 귀여우니까."

　간신히 작게 웅얼거리며 시라카와를 보았다.

　시라카와는 뺨을 붉힌 채 수줍은 기색으로 입을 오므렸다.

　"정말…… 류토는 너무 다정해."

　화내듯이 그렇게 말하며 헐벗은 다리를 구부려 무릎을 껴안는다.
그러더니 끌어안은 무릎에 얼굴을 얹고는 여전히 상기된 뺨을 한 채
옆에 있던 나를 힐끔 올려다보았다.

　"자꾸 그러면서 봐주다간, 나, 점점 떼쟁이가 될지도 몰라. 그래도
괜찮겠어?"

　귀, 귀여워…….
　너무 귀여워서 몸이 떨렸다.

　"……그, 그럼요, 괜찮고 말고요. ……앗, 아니, 괜찮아."

기절할 것 같은 마음을 꾹 참았더니 대답이 형편없었다. 그것을 만회하려고 나는 말을 이었다.

"그리고…… 시라카와는 조금쯤 더 떼쟁이가 돼도 괜찮을걸."

그도 그럴 것이 시라카와는 정말로 착한 아이니까. 너무 착해서 자기보다 상대방의 기분을 먼저 배려할 정도니까.

"적어도 내 앞에서는…… 좀 더 제멋대로 굴어도 돼. 못미덥겠지만…… 일단은 나, 남친이니까."

우와~ 허세 부리는 것 봐! 내가 이런 말도 할 줄 아는 녀석이었어?!

말하기가 무섭게 속에서 걸려오는 태클에 얼굴이 맹렬하게 달아올랐다.

하지만 어쩌겠는가. 솔직한 심정을 전달하려고 했더니 이렇게 돼버린 것을.

"……그렇구나."

시라카와는 별안간 코가 찡해진 것 같은 표정을 짓더니 무릎에 얹었던 얼굴을 나와 반대 방향으로 돌렸다.

"남친이라는 게 그런 존재였구나. ……처음 알았어."

그렇게 말한 목소리에서는 살짝 코맹맹이 소리가 났다.

"……시라카와?"

우나? 그렇게 생각하자 걱정이 되어 말을 걸어 보았다.

"시라카……."

"있잖아, 류토."

그러자 물기 어린 목소리가 돌아왔다.

"응?"

"그럼…… 지금 당장 제멋대로 굴어도 돼?"

"뭔데?"

뭐지 싶어 의아해하고 있으려니 시라카와가 내 쪽을 보았다. 발개진 눈을 두 손으로 마구 문지르더니, 장난스러운 목소리고 애교를 부리듯 말했다.

"라무네, 한 병 더 사 줘~! 너무 더워서 수분이 한참 부족해!"

"그건 제멋대로 구는 게 아니라 심부름을 해오라고 시키는 거잖아."

내가 웃으면서 태클을 걸자 시라카와는 당황한 얼굴을 했다.

"아, 잠깐만. 돈 줄게."

"됐어, 200엔 정도는."

나는 몸을 일으켜 세우며 말한 뒤 노점으로 향했다.

……시라카와, 역시 울고 있었구나.

나는 그녀가 과거의 연애에서 받았을 상처를 상상하며, 재차 그녀를 소중히 대하기로 마음먹었다.

◇

그 뒤 우리들은 다시 한참을 바다에서 놀다가 샤워장에서 몸을 씻은 뒤 옷을 갈아입고 해가 지기 전에 해변을 뒤로했다.

"……왠지 날씨가 나빠지기 시작하는 것 같은데."

정신이 들자 어느새 머리 위 하늘에 빼곡히 구름이 끼어 있었다. 미적지근한 바람이 태풍 직전처럼 꿉꿉한 물기를 휘감고 있었다.

"그래도 기왕 여기까지 온 건데, 위까지 올라가 보자!"

"그러게."

우리들은 에노시마 본섬으로 가서 등대가 있는 곳까지 산을 올랐다가 해산물을 먹고 돌아올 예정이었다.

날씨가 마음에 걸렸지만, 비가 내리는 건 아니었기에 예정을 결행하기로 했다. 계단을 몇백 단이나 올라가 위로 가서 등대 밑에서 사진을 몇 장 찍은 뒤 '나마시라스(생치어)' 메뉴가 있는 가게로 갔다.

"죄송합니다. 오늘은 나마시라스가 없어요."

안내받은 자리에 앉아 나마시라스 요리를 주문하려고 했더니 가게 직원이 그렇게 말했다.

"다 팔린 건가요?"

"아뇨, 오늘 아침엔 태풍 때문에 고기잡이를 못 나가서요. 생으로 내놓을 수 있는 건 당일 잡은 것뿐이거든요."

"그렇구나. 그럼 전 연어알과 가마아게시라스(시라스를 소금으로 간한 물에 데쳐 말린 것)를 올린 이색 덮밥으로 주문할게요."

"전 참치랑 가마아게시라스 이색 덮밥으로요."

주문을 마치고 무심코 창밖을 내다본 그때였다.

"……아, 비가 내리네."

내 중얼거림에 시라카와도 창밖을 보았다.

"헉……. 나 우산 안 갖고 왔는데."

"나도……."

"점심 지나서까지는 날씨가 좋았는데. 역시 태풍이 오고 있는 게 맞나 봐."

"그래도 바다에 있는 동안에는 맑아서 다행이었어."

"내 말이~! 행운이었어."

하지만 덮밥이 도착해서 다 먹을 무렵에는 그런 느긋한 얘기를 하고 있을 수 없을 만큼 빗방울이 커졌다.

"……이거 큰일인데?"

가게의 처마 밑에서 시라카와가 숨을 삼키며 중얼거렸다.

지면을 후려치는 빗발이 너무 거세서, 땅 위로 50센티 정도가 안개가 낀 듯 뿌옇게 보였다.

"하지만 계속 여기 있을 수도 없으니까……. 어떻게든 역으로 가야 해."

우리들은 빗발이 살짝 잦아드는 때를 노려 이곳저곳에 위치한 건물의 처마 밑에서 비를 피하며 오랜 시간 끝에 간신히 역에 도착했다.

하지만.

"운행정지……?!"

호우로 인해 침수된 선로가 있어서 타려던 전철이 운행을 정지하게 됐다는 안내방송이 흐르고 있었다. 에노시마뿐만 아니라 수도권 전체의 지상선이 정상 운행이 불가능한 상황인 듯했다.

"어떡하지……."

한낮의 바다에는 그렇게 사람이 많았는데, 어느덧 역 앞에서는 인기척이 사라지고 없었다. 비에 젖은 채 역까지 온 사람들도, 운행 정지 소식을 듣고는 교차로에서 택시를 잡아타고 어딘가로 사라져갔다.

"……우리도 택시로 돌아갈까?"

"뭐? 말도 안 돼! 요금이 너무 나오지 않을까? 우린 거의 사이타마잖아."

"그렇지……."

스마트폰으로 알아봤더니 대충 3만 엔이 든다는 결과가 나와서 창백해졌다.

실낱같은 희망을 품고 잠시 기다려 봐도 비는 거세지기만 할 뿐 잦아들 기미가 없었다.

"벌써 여섯 시네……."

네 시에는 집으로 출발할 예정이었는데, 예상하지 못한 사태로 인해 일이 이렇게 돼 버렸다.

전철이 과연 오늘 내로 움직일까?

운행 상황은 검색할 때마다 달라지고 있었다. 설령 택시를 타고 어딘가 아직 전철이 운행 중인 역으로 간다고 해도 거기서 집까지 계속 타고 갈 수 있을지 알 수 없었다…….

시라카와에게 물어본 결과 두 사람이 가진 돈은 다 합쳐 9천 엔 정도. 이 돈을 아껴 써야 했다.

고심한 끝에 우리들은 각자의 부모님에게 연락을 취해 (친구와 같이 있다고 둘러대기로 하고) 상의했고, 그 결과 거리낌 없이 숙박

할 곳을 찾기로 했다. 다행히 내일은 일요일이라 둘 다 딱히 할 일도
없었다.

그래서 역을 뒤로하긴 했지만, 빗발이 거세 이동도 버거웠다. 스
마트폰으로 검색해가며 겨우 적당한 가격의 여관에 도착했을 때는
이미 온몸이 흠뻑 젖어 있었다. 카운터에 있던 여직원이 우리를 보
더니 황급히 수건을 가져와 주었을 정도다.

"두 분이서 1박에 6천 엔입니다."

그 말을 듣고 우리들은 얼굴을 마주보았다. 이 정도면 자고 갈 수
있었다.

"그럼 그걸로······."

"방 하나로 괜찮으시죠? 1인 1실이면 한 분당 5천 엔인데요."

우리들은 다시 얼굴을 마주보았다.

"어······."

1인당 5천 엔이면 둘이면 만 엔. 예산 오버였다. 지금부터 여기보
다 싼 숙소를 찾으려면 호우 속을 돌아다녀야 했고 찾는다는 보장도
없었다.

"······난, 괜찮아."

내게서 시선을 피하며 시라카와가 툭 말했다.

그리하여 우리들은 에노시마에 있는 여관의 한 객실에서 태풍이
몰아치는 밤을 보내게 되었다.

◇

이 전개는 뭐지?! 대체 상황이 어떻게 돼 가고 있는 거야?!

지금부터 시라카와와 같은 방에서 하룻밤을 보낸다……. 그 말은, 설마…… 설마…… 설마 하는 건가?!

생각만 해도 어디라 말할 수는 없지만 몸의 일부가 뜨거워졌다.

"아, 생각했던 것보다 방이 번듯하네."

안내받은 객실은 5평 정도 되는 다다미방이었다. 창가에 툇마루 같은 공간이 있지는 않아서 시골 할머니 방처럼 어딘가 정겨운 인상이 들었다.

"……시라카와, 괜찮으면 먼저 가서 씻고 올래? 춥지 않아?"

"엇, 하지만 류토는?"

"일단 옷을 갈아입을 거니까 괜찮아."

여관에 공용 목욕탕이 있다고 해서 교대로 들어가기로 하고 시라카와를 방 밖으로 배웅했다.

그런 뒤 흠뻑 젖은 옷을 비치돼 있던 유카타로 갈아입고 나서…… 나는 방바닥 위에 허물어졌다.

괜찮지 않아~~!

뭐지? 대체 뭐냐고, 시라카와의 그 말은.

—난, 괜찮아.

'괜찮아'라니 뭐가 '괜찮다'는 거지?

단순히 둘이서 같은 객실에 묵는다는 게? 아니면…… '그 이상'의 일까지 가리키는 건가?!

고백 직후에 시라카와의 방을 방문해 귀중한 첫 경험의 기회를 날려 보낸 지 한 달.

그동안, 혹시…… 어쩌면, 시라카와도…… 나와 섹스하고 싶다고 생각하게 된 걸까?

그래서 그 말을 언제 할지 고민하다 방금 그 말이 나온 거고?

모르겠다. 나는 시라카와가 아니라 알 수 없었다. 하지만…… 아니, 그래도 역시…….

어쩌면 오늘 밤, 시라카와와 하나가 될 수도 있지 않을까……?

이 세상에 태어난 지 열여섯 해…… 내 동정 인생도 마침내 끝을 고할 때가 온 것이다.

동정이 아니게 된다는 건 어떤 느낌일까? 마음에 여유가 생기고, 인간적으로 성장도 할 수 있게 되는 걸까……?

그런 생각을 하자 가만히 있을 수가 없어서 시라카와가 목욕을 마치고 돌아오길 기다리는 동안 괜히 복근 운동을 하고 말았다. 낮에 바닷가에서 본 날씬하고 탄탄한 몸매의 남자들을 향한 질투심 때문일지도 몰랐다.

"기다렸지, 류토."

유카타를 입은 시라카와가 돌아왔을 때 나는 땀을 뻘뻘 흘리고 있었다.

"무슨 일 있었어? 냉방이 안 돼?"

"아니, 잠시 복근 운동을 하느라……."

"헐, 의외다! 그런 것도 하는구나? 복근 만지게 해 줘!"

시라카와가 천진한 목소리로 말하며 내 쪽으로 다가왔다.

"엇, 아니……!"

인싸가 변덕을 부린답시고 운동을 한 게 다라 남이 만지게 둘 만큼 펌핑이 돼 있지도 않았지만, 무엇보다 지금 이런 데서 시라카와가 몸을 만졌다간 정말로 큰일이 날 것 같아 순간적으로 몸을 비틀었다.

그러자 내 반응을 어떻게 받아들인 건지 시라카와가 손을 멈췄다.

"아……, 미안."

들떠 하던 모습이 거짓말처럼 난처한 얼굴로 내민 손을 뒤로 물렸다.

그리고는 의식해서 지은 듯한 미소로 나를 보았다.

"류토도 목욕하고 와. 목욕탕이 바위 온천 같이 생겼다고 해야 하나? 기분 좋았어."

"으, 응. ……그래야지."

나는 감돌기 시작한 어색한 분위기로부터 도피하듯 공용 목욕탕으로 향했다.

뭐지? 이번엔 뭐지?

그 '미안'은 대체…….

내가 만지는 걸 싫어하는 것처럼 보여서 그런가? 아니면 '오늘 섹스할 생각은 없었는데 여지를 주듯이 행동해서 미안했다'는 뜻인 걸까…….

하지만 그렇다면 아까 했던 '괜찮아'라는 말은……?

그런 생각에 사로잡힌 채로 목욕을 했더니 머리를 감은 건지 물로 적시기만 한 건지 헷갈려서 두세 번이나 샴푸를 하고 만 듯했다. 마지막으로 머리를 씻어냈을 때 두피가 뻑뻑해서 깨달았다.

참고로 시라카와가 말했던 '바위 온천'은 일반 가정집의 것보다는 아주 조금 커다란 평범한 욕조를 바위 같은 장식벽으로 둘러싸 놓기만 한 것이었다. 고등학생이 급하게 묵을 수 있을 정도로 양심적인 가격의 여관이니 불평은 할 수 없었다.

객실로 돌아가자 시라카와는 TV를 보며 차를 마시고 있었다.

"태풍, 오늘 밤 안으로 통과할 거래. 다행이지, 내일은 돌아갈 수 있겠어."

"그, 그렇구나. ……다행이다."

태풍에 대한 생각은 하얗게 머리에서 날아가고 없었다.

밖에서 비바람이 세차게 몰아치고 있다는 건 실내에 있어도 알 수 있었고, 이따금 창문이 격렬한 소리를 내며 떨려서 순간적으로 공포심을 느낄 정도인데도 말이다.

"……!"

그때 방 안으로 들어서던 내 시선이 나란히 깔린 두 개의 이불에 가 꽂혔다.

"아, 아까 여관 직원이 왔거든. 밥을 먹고 왔다고 말했더니 이불을 깔아 주겠다고 해서."

"그, 그랬구나……."

한방에서 잔다고 했으니 이불도 나란히 깔아 주는 게 당연하겠지만…….

"류토, 차 마실래?"

시라카와의 말에 나는 '어어웅.' 하고 애매하게 고개를 끄덕이며 정사각형 테이블에 앉아 있던 시라카와의 옆에 엉덩이를 붙였다.

시라카와는 테이블 위의 다관을 열어 안에 있던 우려낸 찻잎을 같은 테이블 위에 있던 구멍 난 통의 뚜껑을 열고 그 안에 버린 뒤, 새로 찻잎을 다관에 넣고 주전자에 든 뜨거운 물을 부었다. 나 혼자였다면 사용방법도 몰랐을 도구를 척척 다루고 있었다.

차를 우려내는 방법을 숙달한 갸루…… 제법 반전이 있어서, 좋다.

"마셔, 류토."

"고마워……."

녹차가 담긴 찻잔을 받아든 나는 의외라는 생각을 하며 시라카와를 빤히 쳐다보았다.

"……왜 그래, 류토?"

시라카와가 내 쪽을 보더니 바로 민망한 듯 얼굴을 돌렸다.

"그리고, 너무 쳐다보지 마. 맨 얼굴이거든."

"어……."

그러고 보니 그런가. 목욕을 했으니까. 별로 달라진 게 없어서 알아채지 못했다.

말을 듣고 보니 눈썹 끝쪽이 살짝 옅어져 있거나 평소보다 얼굴이 어려 보이는 등 차이점을 찾을 수 있는 정도였다.

이렇게 자세히 들여다보면, 평소에는 그런 생각이 들지 않지만…… 맨 얼굴의 시라카와는 아주 조금 쿠로세와 분위기가 비슷했다. 보통 때 두 사람이 쌍둥이란 걸 알아채는 사람은 지극히 드물겠지만, 지금의 시라카와와 쿠로세라면 조금 알 수 있을 것도 같았다.

쿠로세는 LINE 아이디를 교환한 뒤 이따금 메시지를 보내 오고 있었다. 처음에 말했던 대로 '공부를 가르쳐 달라'는 얘기로 운을 떼서 대충 나중에라고 대답하려고 했더니 구체적으로 날짜를 지정해 왔다. 거기에 '그날은 약속이 있다'든가 '여름방학 중에는 학원 수업이 있어서'(거짓말은 아니다) 등으로 대답을 했더니 '그럼, 언제 시간이 돼?'라고 추궁해서 살짝 대답을 미루고 있었다.

쿠로세와 둘이서 만나도 괜찮은 걸까? 시라카와의 친동생이니 매정하게 대하고 싶진 않았지만, 나한테는 이성인 데다 시라카와와 완전히 사이가 좋아진 것도 아닌 눈치라 시라카와를 꼬셔서 셋이 만나기도 미묘했다. 게다가 과거의 일이라지만 나는 쿠로세에게 마음이 있었고, 시라카와는 그 사실을 몰랐다. 얘기했다간 길어질 것 같고, 솔직하게 털어놓는 게 오히려 오해를 초래할 수도 있다. ……그런 생각들을 하다 보니 귀찮아져서, 쿠로세에게 애매한 대응을 하게 되고 말았다.

"매, 맨 얼굴이 그렇게 이상해? 너무 쳐다보지 마~!"

"어?"

멍하니 시라카와를 바라본 채 쿠로세를 생각하고 있었더니 시라카와를 민망하게 만들고 말았다.

"아, 아니…… 안 그래. 별로 안 변했어. 그냥……."

"그냥?"

"좀 어려 보여서…… 귀, 귀여워."

쿠로세를 닮았다 운운하는 얘기는 지금은 접어 두기로 했다.

"헐, 정말?"

시라카와는 뺨을 붉히며 의심스레 나를 보았다.

"왠지 창피해~! 역시 보지 마."

"엇, 아니, 괜찮다고 생각하는데."

"싫어 그만해! 어서, 태풍 뉴스나 보자!"

그래서 나는 시라카와와 차를 마시며 잠시 TV를 보았다.

잠시 후 같은 말만 되풀이하는 태풍 정보에 질리기 시작한 오후 10시경, 우리들은 양치질을 하는 등 잘 준비를 시작했다.

결국 시라카와가 무슨 생각으로 오늘 밤을 보내려고 하고 있는지는 알지 못했다.

"……그럼, 불 끌게."

"응."

잘 준비가 끝났기에, 끈을 잡아당겨 방의 불을 무드등 모드로 바꿨다.

시라카와 옆에 깔린 이불로 들어가 어두컴컴한 천장의 나뭇결을 바라보았다.

잠이 오지 않는다…….

이렇게 두근거리고 흥분한 상태로 잠을 이룰 수 있을 리가 없었다.

"……있잖아, 류토."

그때, 옆 이불에서 소리가 났다.

"으, 응."

"괜찮아? 이대로 잘 수 있겠어?"

무슨 말을 하는 건가 싶어 옆을 보자, 시라카와는 이불에서 반쯤 얼굴을 내밀고는 불안한 표정으로 내 쪽을 쳐다보고 있었다.

그러더니 별안간 벌떡 자리에서 일어나 내 쪽을 향해 무릎걸음으로 다가왔다.

"뭐, 뭐야?!"

"그게, 아까는 미안했어. 비도 너무 오고, 머리부터 발끝까지 푹 젖었고, 얼굴도 질척하고, 걷는 데도 지쳐서……. 돈도 없고, 다른 곳을 다시 찾아서 걸어야 하나 생각하니 기운이 쭉 빠져서, 일단 얼른 쉬고 싶어서, 한방에서 자도 괜찮다고 말한 건데……."

"아……."

아까 한 그 말은 그런 뜻이었던 건가. 야한 쪽으로 깊은 의미는 없었던 거구나…….

혼자 들떠 버린 스스로가 창피했다. 달아오르던 기분이 착 가라앉았다.

얘기가 길어질 것 같아서 나도 이불에서 몸을 일으켰다.

"그런데, 목욕을 하면서 좀 마음을 가라앉히고 생각해 보니까, 류토는 남자고 내 남친인데 이런 게 아무렇지 않을 순 없겠다는 생각이 들더라고."

"……."

시라카와는 무슨 말이 하고 싶은 걸까. 그렇게 생각하고 있으려니 그녀가 내 쪽으로 더 다가왔다.

희미한 빛 속에서 커다란 눈망울이 위로 치켜떠져 이쪽을 바라보고 있다.

"섹스…… 할래?"

"……?!"

시라카와가 입고 있는 여관의 유카타는 가슴팍이 살짝 벌어져 가슴골이 보일락 말락 하고 있었다. 남색 허리띠를 동여맨 가느다란 허리부터 그 주변부의 둥그런 라인이 꼭 인어처럼 아름답고 섹시했다. 한 차례 잦아들었던 가슴속의 불길이 활활 타올랐다. 몸이 급속도로 뜨겁게 굳어가는 것이 느껴졌다.

"괘…… 괜찮겠어, 시라카와는?"

메마른 목에서 애써 갈라진 소리를 짜냈다.

"아직 먼저 섹스하고 싶다는 마음은 안 드는 거지……?"

마음은 이미 십중팔구 하고 싶다는 쪽으로 기울어 있었지만, 처음에 큰소리를 쳐 놓은 게 있다 보니 그것만은 확인해 둬야 했다.

"응……."

시라카와는 머뭇거리며 고개를 끄덕였다.

"그래도, 류토만 참게 하면 미안하니까."

"하지만 하면 하는 대로 시라카와만 참게 만드는 것 아냐?"

"뭐, 난 참는다기보다는…… 류토를 좋아하니까, 딱히 하는 게 싫다는 건 아냐."

만세—! 하고 마음속에서 또 하나의 자신이 쾌재를 불렀다.

몸도 이미 준비를 마쳤다.

그럼…… 하고, 군침을 삼킨 그때였다.

"단지 말이지."

그렇게 말한 시라카와는 눈을 반쯤 내리깔고서 입가에 미소를 지으며 말을 이었다.

"난 류토랑 사귀기 전에는 먼저 남친과 접촉하고 싶다고 생각한 적이 별로 없었어. 하지만 저번에 보트를 탔을 때…… 태어나서 처음으로 먼저 '키스하고 싶다'고 생각했어. 손은 그전부터 잡고 싶었고……. 난 확실히 한 달 전보다 류토를 좋아하게 됐어."

"시라카와……."

날 그런 식으로 생각해 주고 있었다니…….

너무 기뻐서 가슴이 달아올랐다.

"그렇게 생각하니까 조금 기대가 됐어. 앞으로 점점 류토를 좋아하게 되고, 류토를 더욱더 만지고 싶어지고…… 그래서 내가 정말로 끝까지 가고 싶다는 생각이 들었을 때 섹스를 하면, 태어나서 처음으로 몸과 마음 둘 다 정말로 기분 좋아질 수 있지 않을까 하고."

행복해 보이는 미소를 지으며 시라카와가 속삭였다.

"그랬구나……."

기쁘다는 생각이 드는 반면 내 속에서 날뛰던 욕망은 점점 사그라들었다.

틀렸어. ……이런 말을 들으면…… 더 이상은…….

오늘 밤은 더 할 수가 없잖아…….

젠자아아아아앙—!

속으로 피눈물을 흘리며 포효한 뒤 퇴각하는 수밖에 없었다.

"……알았어. 그럼, 오늘은 이만 자자."

나는 눈물을 삼키며 애써 태연한 척 허세를 떨었다.

"아침 일찍 일어나서 멀리까지 여행 나왔는데 사고도 생겨서 피곤할 거잖아."

"엇……."

내 말에 시라카와는 놀란 듯이 얼굴을 들었다.

"괜찮아? 섹스는?"

"됐어, 나중에…… 시라카와가 그럴 마음이 들었을 때 다시 하지 뭐."

"류토……."

시라카와는 눈썹을 팔자로 만들더니 물기가 맺힌 눈으로 나를 보았다.

"류토는 어째서 그렇게 다정해?"

"어……?"

이게 다정한 건가?

나와 같은 입장에 처한다면 누구나 이럴 수밖에 없을 거라 생각하는데…….

하지만 만약 이 행동이 다정함으로 보인다면. 이런 행동을 하는 건 내가 시라카와를 생각하기 때문이리라.

그건 내가…….

"……시라카와를, 좋아하니까."

그렇게 대답하자, 내 앞에 있는 시라카와의 눈동자가 반짝이며 빛났다.

그러더니 그녀는 양손으로 얼굴을 가리고는 어깨를 들썩거렸다.

"시라카와?"

우는 건가……?

"……흑…… 흐윽…… 윽."

다물린 입술에서 채 삼키지 못한 오열이 새어 나왔다.

"미안…… 기뻐서…… 흑."

변명하듯 말하며 시라카와가 흐느껴 울었다.

"헉……, 괘, 괜찮아?"

나는 쩔쩔매는 수밖에 없었다.

"……해, 미안해…….

잠시 후, 진정이 된 뒤.

시라카와는 눈물을 훔치며 민망한 기색으로 미소 지었다.

"……미안. 이상하게 류토랑 있으면 눈물이 헤퍼지는 것 같아. 미안해."

"그건 전혀…… 상관없어."

그렇게 미안해하지 않아도 되는데, 시라카와는 거듭 '미안해.'라는 말을 되풀이했다.

"그치만 짜증나지 않아? 그냥 얘기나 하고 있었을 뿐인데, 안 귀찮아? 정신이 이상한 애인가 보다는 생각 안 들어?"

"안 든다니까."

왜 그런 말을 하는 거지? 역시 과거의 남자친구들이 원인인 걸까.

그 말이 실제로 예전 남친들에게 들은 것인지, 아니면 그들의 분위기를 보고 미루어 짐작한 마음의 소리인지는 모르겠지만.

그래도 얼른 이 심리적인 속박에서 그녀를 해방시켜 주고 싶다고 생각했다.

이제야, 확실히 깨달았다.

과거의 남친에게 얽매여 있는 건 나뿐만이 아니었던 것이다.

"그런 생각 안 해. ……기뻐."

"어째서? 끽성이야? 류토?"

"끽성…….."

끽소리도 못할 만큼 성인(聖人)이라는 뜻이다.

요즘 여고생들은 인터넷 은어를 일상회화에도 쓰더라. 뭐, 나도 요즘 남고생이긴 하지만 오타쿠에 가까운 사람이라, 대화 중에 아무렇지 않게 튀어나올 때마다 깜짝 놀란다.

"아냐."

왠지 우스워져서 살짝 웃은 뒤 대답했다.

"나랑 있으면서 마음이 많이 움직였다는 뜻이잖아? 전에 시라카와가 그랬지? '진짜 좋아'하는 마음이란 거…… 거기에 가까워지고 있는 기분이 들어서."

그러자 시라카와의 눈동자가 다시금 일렁거렸다.

"류토……."

그러더니 설핏 뺨을 붉히며 입을 열었다.

"있잖아, 류토. 또 하나 고집을 부려도 돼?"

"응? 괜찮아."

내가 고개를 끄덕이자 시라카와는 부끄러워하며 말했다.

"날, 꼭 안아 줄래?"

"……뭐?"

"안 돼?"

"아니……."

안 되는 건 아니지만, 오늘 밤엔 더 이상 아무 짓도 하지 않겠다고 결심한 찰나에…… 단 둘뿐인 밀실에서 딱 붙어 있으라니.

"얼른!"

시라카와는 두 팔을 벌리며 활짝 웃었다.

"응……."

나는 긴장하며 그 몸에 살며시 양팔을 둘렀다.

처음으로 껴안아 본 시라카와의 몸은 상상했던 것보다 보드랍고 따뜻했다. 늘 쓰던 향수는 뿌리지 않았는지 내 머리처럼 여관 샴푸 냄새가 났다. 보드랍고 탱탱한 가슴의 감촉이 얇은 유카타 너머로 바로 느껴져 가슴이 쿵쿵거렸다.

"류토, 따뜻해. ······안심돼."

시라카와의 목소리가 다정하게 귓가를 진동하자, 오싹하리만큼 가슴이 쿵쿵거렸다. 위험하다······. 더 달라붙었다간, 몸 안쪽에서 열기가 되살아날 것만 같았다.

"저기 있잖아, 이대로 같이 자 주면 안 돼?"

그 말에 나는 가슴을 철렁거렸다.

"이대로······라니 엥?! 이대로?!"

밀착한 상태로 옆으로 누워서 아침까지 이대로 자라고요?!

"······아하하! 농담이야!"

내가 당황하고 있으려니 시라카와가 웃으며 몸을 뗐다.

"아, 그럼 말이야, 손을 잡고 자는 건 어때?"

"어, 응······."

그거라면 대충, 어떻게 될지도 모르겠다.

그리하여 나와 시라카와는 나란히 이불에 누워 손을 잡았다.

따뜻하고 보들보들하고 가녀린 손······ 시라카와의 손이다.

"있지, 류토."

"응?"

"······."

아무런 대답도 돌아오지 않아서 시라카와를 봤더니, 그녀는 나를 바라보고 있었다. 그 표정은 어딘가 불안해 보였다.

"왜?"

"……아냐."

내 질문에 고개를 가로저으며 시라카와는 억지로 미소 지었다.

"두 달 기념일 때도 이렇게 같이 있을 수 있겠지?"

"이렇게…… 음, 또 태풍에 휘말리긴 싫지만 말이야."

"아하하, 그러게."

그리 재미있는 대답도 아니었는데 시라카와는 소리 내 웃었다.

나는 여기서 그녀의 말꼬리를 잡아 얼버무리는 쪽을 택했지만, 사실은 제대로 대답해 주는 편이 나았을지도 모른다.

그렇게 훗날의 내가 이 순간을 후회하게 될 줄을, 이때의 나는 상상도 하지 못하고 있었다

제2.5장
쿠로세 마리아의 비밀일기

왜 하필 카시마 류토인 걸까…….

사실은 대충 알고 있다. 카시마가 나한테 아무런 관심도 없다는 건. LINE 메시지에 돌아오는 답변을 보면 눈치 못 채는 게 바보지.

그래도 그렇지, 왜 루나야? 그런 문란한 애의 어디가 좋아서?

확실히 나보다 가슴이 큰 건 인정하지만, 그게 다잖아. 볼 거라곤 몸밖에 없는…… 그렇군, 몸이구나.

남자애들은 욕망에 정직하지. 나한테 다가오는 남자들도 다들 얼굴에 '하고 싶다'는 말을 써붙이고 있는걸.

카시마가 나한테 심드렁한 건, 루나가 그 애의 욕망을 채워주고 있어서인 게 분명해. 그 문란한 애가 몸을 이용해서 농락하고 있기 때문이지.

그렇다면…… 나도 루나처럼 하면…… 기회가 생기지 않을까?

하지만 기다려 봐, 마리아.

카시마가 정말로, 그런 짓을 해서까지 돌아보게 만들고 싶은 남자야?

그렇잖아, 마리아. 그냥 고집을 부리고 있는 거 아냐?

루나한테 또 져서. 아빠를 빼앗겼을 때랑 같은 상황이라서…….

……모르겠다. 그럴지도 모른다. 혹은 그렇지 않을지도 모르지.

하지만, 나도 어떡해야 좋을지 모르겠단 말이야.

매일 아침 인사를 나누는 게 다인데도. 옆에서 수업을 듣는 게 고작인데도. 카시마를 향한 마음은 나날이 커져만 간다.

그 진지한 눈빛으로 한 번 더 나를 꾸짖어 줬으면 좋겠다. 그때처럼.

나쁜 아이구나, 마리아. 라고. 손끝 하나 건드리지 않고 남자를 구슬려서 도구처럼 이용하다니, 정말 나쁜 아이야. 라고…….

상상만 해도 몸이 달아오른다. 나, 카시마에게 안기고 싶어…….

이런 감정은 태어나서 처음이다.

있지, 카시마. 난 언니의 남자친구를 탐내는 나쁜 동생이야. 아주 나쁜 일을 꾸미고 있는, 정말 못된 아이야…….

같이 나쁜 일을 하는 거야. 지옥에 떨어지자.

카시마는 성실하니까, 내가 함정에 빠뜨려 줄게.

카시마는 성실하니까, 비록 함정이라도 일단 그런 사이가 되면…… 틀림없이 날 아껴 주겠지.

그럼 알게 될 거야. 루나보다 내가 훨씬 괜찮은 여자라는 걸.

오늘 밤은 태풍이 부네.

지금 뭘 하고 있어? 카시마…….

제 3 장

　태풍이 지나가고 아침이 왔다.

　옆에서 잠든 시라카와와 맞잡은 손이 신경 쓰여서, 간밤에는 별로
잠을 이루지 못했다.

　여관 직원이 방에 차려 준 한눈에도 일본요리란 느낌이 드는 아침
식사를 같이 먹고 밤새 말린 옷을 입고서 하루 늦게 귀갓길에 올랐다.

　일요일 오전의 상행 전철은 한산해서, 둘 다 꾸벅꾸벅 선잠을 자
거나 밑도 끝도 없는 대화를 주고받으며 A역에 도착했다.

　"그럼, 모레 또 봐."

　내일은 시험 직후라 하루 쉬고 화요일이 1학기 마지막 날 종업식
이었다.

　시라카와의 집 앞에서 우리들은 작별 인사를 나누었다.

　"응. 또 봐, 류토."

　그렇게 말하며 손을 흔든 시라카와가 문득 심각한 표정을 지었다.

　"……두 달 때도, 잘 부탁해."

　"응. 잘 부탁해."

　내가 대답하자 그녀의 얼굴에 미소가 돌아왔다. 그 사실에 안도
하며 나는 그녀에게 손을 흔들었다.

시라카와가 집으로 들어가는 것을 배웅한 뒤 나는 혼자서 A역으로 돌아갔다.

일요일 한낮의 역 앞 광장에는 일행을 기다리는 중인 듯한 사람들이 스마트폰을 보며 서 있었다. 그 주변을 걷고 있으면 전단지나 티슈를 나눠주는 사람들과도 종종 마주쳤다.

그리고 오늘도 역시, 그런 사람들 몇몇이 내가 가는 방향에 서 있었다.

"선술집 '바커스'에서 런치 쿠폰 나눔 행사 중입니다~!"

선술집…… 이라고 생각하면서도 눈앞에 내밀린 종이를 반사적으로 받아들려고 하던 그때였다.

"앗!"

쿠폰을 나눠주던 여자애가 소리를 질렀다. 나는 그녀의 얼굴을 보았다. 그리고는 놀라서 눈을 동그랗게 떴다.

"야마나?!"

그녀는 시라카와의 친구 야마나 니코루였다. 길거리에서 사람들 얼굴을 가급적 보지 않으며 걷다 보니 먼저 알아보지 못했다.

야마나는 남색의 사무에* 같은 옷을 입고 가슴바대가 없는 앞치마를 두르고 있었다.

"……알바 중이야?"

"보면 알잖아."

야마나는 통명스럽게 말하며 재차 쿠폰을 내밀었다.

---
* 사무에 : 승려들이 일상용으로 입는 승복, 편의성이 좋아 작업복으로 흔히 쓰인다

"루나를 바래다주고 오는 길이야? 마침 잘됐네. 너, 우리 가게에 와라."

"엥?"

"루나 일로 의논하고 싶은 게 있어서 그래. 둘이서만 만나면 루나가 걱정할 테니까, 일하는 동안 해치울 수 있으면 좋지."

"그, 그래도, 선술집이라며……?"

건네받은 쿠폰의 분위기를 봐도 낮부터 무제한 음주를 추천하고 있는 것이, 의외로 본격적인 선술집 같았다.

"왜 겁나? 뭐 술만 안 시키면 되잖아. 우리 가게엔 아이를 데려오는 손님도 많거든?"

그런가……. 인싸는 미성년자 때부터 선술집에서 먹고 마시는구나. 기껏해야 패밀리 레스토랑이나 덮밥집에서밖에 외식을 해 본 적이 없던 나에게는 허들이 높았다.

"거기다 혼자서?"

나 혼자 선술집에 가서 뭘 어쩌란 거야. 야마나는 알바 중이라 계속 옆에 있어 주지도 않을 거잖아.

"그럼 친구라도 데려오든가."

야마나가 성가신 기색으로 그렇게 말했다.

"혹시 없어?"

"이, 있어."

"그럼 데려와. 나 오늘은 밤까지 계속 알바하니까."

야마나는 빠른 어조로 그렇게 말하고는 다시 쿠폰을 나눠주기 시작했다.

"런치 쿠폰 나눔 행사 중입니다~!"

"……."

어쩌다보니 오늘 가기로 약속이 돼 버렸군.

일단 혼자 가는 건 피하고 싶었고 친구가 없다는 오해 또한 받고 싶지 않았기에, 나는 집으로 가는 길에 잇치에게 전화를 걸어 보았다.

"……여보세요, 잇치?"

"웬일이야?"

"오늘 시간 돼?"

"안 돼, 닛시랑 게임 중이거든. ……어, 맞아. 캇시 전화야."

그 말은 사실인지, 정말로 수화부에서 게임 배경음악과 사람 목소리가 들려왔다.

"엥, 나는 왜 안 불렀어?"

"그야 넌 어제 시라카와랑 바다에 다녀왔잖아? 젠장! 폭발하면 좋을 텐데! 피곤할 것 같아서 안 불렀지."

순간 마음의 목소리가 들린 것 같다는 생각이 든 건 기분 탓일까.

"……저기 말이야, 벌써 밥 먹었어?"

"응? 점심이라면 벌써 먹었지. 치즈 소고기 덮밥 점보 사이즈 테이크아웃으로."

"그럼 저녁식사 안 할래? 닛시도 꼬셔서 같이 먹고 싶은데."

"엥? 갑자기 왜?"

"야마나가 알바하는 선술집에 와서 식사하라고 해서."

"야마나라면…… 우리 반 야마나 니코루 말이야? 너, 그런 오니
갸루* 랑도 친하게 지내?"

"시라카와 관련으로…… 야마나가 시라카와 친구니까."

짤막하게 설명하자 전화 너머로 깊은 한숨 소리가 들려왔다.

"캇시…… 변해 버렸구나."

"……안 갈 거야?"

역시 힘들겠지, 라고 생각하는데.

"당연히 가야지!"

냉큼 승낙이 돌아왔다.

귀를 기울이자 멀리서 닛시의 '갈래! 갈 거야!'라는 목소리도 들려
왔다.

"엥, 가려고?"

대화의 흐름상 단호하게 퇴짜를 놓을 줄 알았기에 더 놀랐다.

"캇시에게 여기서 더 뒤처질 순 없지! 아싸의 자존심 따윈 엿이나
먹으라고 해! 고2 여름은 청춘의 라스트 찬스라고! 올여름엔 나도
솔로를 탈출하고 말 테다! 같은 반 애가 알바하는 선술집에서 식사
를 하다니 완전 인싸 같잖아! 안 그래, 닛시?!"

그러자 맞아! 맞아! 하는 목소리가 들려왔다.

"어, 어어……."

뭐, 와준다면야 다행이지.

이리하여 나는 오늘 밤 잇치와 닛시를 대동하고 야마나가 일하는

---

* 오니 가루 : 태닝한 것처럼 색이 짙은 피부에 진한 화장을 한 가루를 말한다.

선술집에서 저녁을 먹게 되었던 것이었다.

◇

선술집 '바커스'는 A역 앞에 조성된 번화가 안에 있었다. 1층부터
5층까지 전부 음식점이 들어선 건물 3층이었다.

"어서오십시오!"

가게 입구에 걸린 포렴(布簾)을 스쳐 지나가자 기운찬 점원의 목
소리가 우리를 환영해 주었다.

시간은 아직 저녁 6시였지만 일요일이라 그런지 가게 안은 벌써
손님들로 가득 들어차 활기가 넘쳤다.

"저기, 여기서 알바하는 야마나 씨의 친구인데요······."

안내를 하러 나온 남자 점원에게 말하자 그는 '아!' 하고 외마디 소
리를 지르더니 고개를 끄덕였다.

"세 분이시군요. 이쪽으로 오십시오."

점원이 안내해 준 자리는 신발을 벗고 들어가는 호리고타츠* 형태
의 테이블 좌석이었다. 한쪽이 벽에 붙어 있고 의자 앞뒤로 칸막이가
놓인 데다 통로 쪽에도 장지문처럼 생긴 문이 달려 있어서 거의 개인
실이나 마찬가지인 자리였다. 야마나에게 일단 LINE으로 가게 방문
일정을 보고해 뒀던지라, 미리 자리를 맡아뒀을 수도 있었다.

"잠시만 기다려 주십시오!"

---

* 호리고타츠 : 바닥을 파서 의자처럼 앉을 수 있게 해놓은 난로 탁자.

점원이 떠난 뒤 우리들은 살짝 긴장하며 자리에 앉았다. 벤치 형태의 의자로 된 4인석에 잇치와 닛시 둘이 앉고, 그 맞은편에 내가 앉았다.

"그러고 보니 오늘 KEN 영상 봤어?"

"아~, 아니, 아직. 어제 영상도 못 봐서 그것부터 보고 있었어."

"켁, 이래서 여친 있는 녀석은 못 쓴다니까."

"시라카와, 비키니였어?"

"어? 응…….."

"크악!"

"장난하냐? 죽어! 즐거웠던 것 같아서 다행이네!"

"그러니까 마음의 소리 좀 내지 말라고!"

"됐고 사진이나 보여줘!"

"이러는데 보여줄 수 있을 것 같아?"

그런 얘기를 하고 있었을 때였다.

"잘 오셨습니다~."

한두 번 해본 게 아닌 솜씨로 여직원이 인사하더니 눈앞에 맥주잔 두 개가 턱턱 놓였다.

시선을 들자 그곳에는 야마나가 있었다.

"어, 아직 아무것도 주문 안 했는데…….."

닛시가 당황하자 야마나는 의미심장하게 눈을 찡긋거렸다.

"서비스야♡ 와줘서 고마워."

나는 그 순간 닛시와 잇치의 눈이 정말로 하트모양이 되는 것을 목격했다.

"칼피스 소다. 엄청 진하게 타 왔으니까♥ 이런 건 집에선 못 먹지."

"저기, 내 건?"

"아~ 넌 알아서 주문해. 거기 터치 스크린으로 입력하면 주방에 주문이 날아갈 거야."

나한텐 서비스도 없는 거냐고! 얘네 둘이랑 대하는 태도가 너무 다르지 않아?!

"불합리해······."

내가 혼자 터치 스크린을 조작해 콜라를 주문하는 사이 잇치와 닛시는 희희낙락하며 맥주잔에 든 칼피스 소다를 입에 댔다.

"역시 오니 갸루는 최고야~!"

"시대는 오니 갸루지!"

"겉보기엔 무서워 보이는데 알맹이는 다정하다니 반전매력에 질식하겠어!"

"진짜 좋아하지 않을 수 없다!"

"야마나! 야마나!"

두 사람은 소리 높여 야마나를 찬양하며 음료수를 벌컥벌컥 들이켰다.

"엄~청 맛있어!!"

"이렇게 진한 건 처음 마셔 봐!"

"엥, 뭐야? 그렇게 진해? 나도······."

한 모금 얻어먹을까 하고 손을 뻗었더니, 잇치와 닛시가 동시에 자신들의 음료수 잔을 가드했다.

"안 돼! 이건 오니 갸루가 우리한테만 준 진한 칼피스야."

"오니 갸루는 솔로들의 편이야! 넌 안 돼~!"

자기들만 챙겨 준 게 기뻤는지, 두 사람은 원샷을 할 기세로 음료수를 벌컥벌컥 들이켰다.

"뭐, 상관은 없지만. 그럼 식사 주문할게."

나는 살짝 서운한 기분을 느끼며 터치 스크린에 뜬 메뉴 중에 먹음직스러워 보이는 요리를 골라 나갔다.

"……일단 이렇게 주문하면 될까? 잠깐 확인해…… 봐?!"

선택한 주문을 확인 받으려고 고개를 들었는데.

"뭐, 뭐야?!"

"……어엉?"

"뭐야아, 캇시~."

척 봐도 잇치와 닛시의 상태가 이상했다. 두 사람의 얼굴은 새빨갛게 물들었고, 눈은 흐리멍덩했으며, 말투도 어눌해져 있었다.

"……앗!"

나는 뭔가를 깨닫고는 눈앞에 보이는 닛시의 음료수 잔을 집었다.

그리고 그것을 한 모금 마신 뒤 경악했다.

"웩…… 이게 뭐야?!"

맛은 확실히 칼피스가 맞았다. 엄청 진하게 타서 걸쭉한 단맛이 느껴졌지만…… 그와 동시에 희미한 탄산으로 속일 수 없을 만큼,

숨이 막히도록 독한 에틸알코올 냄새도 훅 끼쳤다.

에탄올…… 맞아, 이건……!

"둘 다 괜찮아? 속이 메스껍진 않아?"

"어어? 오히려 어엄청 기분이 좋은데……."

"그치~. 오니 갸루 최고오오……."

잇치와 닛시는 그 말을 끝으로 테이블에 코를 박더니 그대로……
잠들고 말았다.

"쿠울……."

"커어……."

진짜냐.

용케 저런 걸 마셨네. 얼마나 들떠 있었는지, 두 사람의 잔은 거의
다 비어 있었다.

그나저나 대체 왜 두 사람의 잔 속 내용물이 이렇게…… 라고 생
각한 그때.

"아~, 벌써 잠들었네."

야마나가 옆에 서 있었다.

"자, 콜라."

내 앞에 콜라가 담긴 잔을 내려놓는다.

"이건 서비스로 주는 감자튀김이야."

그리고는 감자튀김이 수북이 쌓인 바구니를 놓더니 내 옆에 앉아
장지문처럼 생긴 문을 닫았다.

"선배가 내가 쉬고 싶을 때 쉬어도 된다고 해서."

나는 그런 그녀를 보며 쩔쩔매다가, 벽에 달라붙듯이 앉아서 거리를 띄웠다.

"음, 이건 대체……."

"그치만 방해되잖아? 루나 얘기는 우리끼리만 하고 싶었거든."

"뭐? 서, 설마 그런 이유로……."

"뭐, 어때. 둘 다 기분 좋게 자고 있잖아? 사람이 가끔 실수할 때도 있는 거지."

"시, 실수……?"

그러니까 그 말은, 음료수를 제조하다 실수로 두 사람의 잔에 불필요한 게 섞여 들어갔다는……?

아니, 그럴 리가…… 없지는 않을 수도 있겠지만, 지금 분위기를 봐서는 한없이 의도된 범행이었다.

"그, 그치만, 설령 실수로라도 고등학생에게 그런 걸 먹였다는 걸 점장한테 들키면, 야마나가 책임을 지게 될지도……."

"그럴지도 모르지. 하지만 난 점장의 비밀을 알고 있거든."

야마나는 그렇게 말하더니 주먹 쥔 채 새끼손가락만 척 세우는 제스처를 취했다. 옛날에 친척 아저씨가 '여성'을 가리키면서 그러던 걸 본 적이 있다.

점장님이 불륜이라도 저지르고 있는 건가……? 설마, 그걸 빌미로 협박이라도 하려고?

"괴, 굉장하네, 야마나……."

"그래? 이래 봬도 많이 둥글어진 건데. 이 구역 양아치들도 '키타중의 니콜'이라고 하면 기겁을 하거든."

무, 무슨 짓을 하고 다닌 거야, 야마나?!

"그…… 그래서, 할 얘기란 건 뭐야?"

무서웠기에 얼른 본론으로 들어가 달라고 재촉하자, 야마나는 바로 진지한 눈빛으로 변했다.

"루나랑 사귄 지 한 달이 지났잖아. 어때?"

"어…….."

어떠냐는 게 무엇을 말하는지 고민하는데, 야마나가 테이블에 한쪽 팔꿈치를 짚더니 턱을 괴었다.

"루나는 말이야, 생긴 것답지 않게 진중한 성격이거든."

야마나는 그렇게 말하고는 아련한 눈빛으로 먼 곳을 바라보았다.

"……내가 루나랑 처음 얘기를 나눈 건 입학식 날이었어. 입학식 장으로 가는 줄에 멍하니 서 있었더니, 걔가 먼저 말을 걸어 줬지. '네일 귀엽다' 하고."

1학년 때부터 친했다는 긴 알고 있었지만, 그렇게 초기부터 알고 지낸 사이였구나.

"그리고 다음날엔 루나가 새 귀고리를 보여주면서 말하더라고. '어울릴 것 같아서 세트로 사 버렸다'고. 그걸 나한테 건네주면서 '친구가 돼 주지 않을래?'라고 말했어."

당시의 기억이 떠올랐는지 야마나는 피식 미소 지으며 나를 쳐다보았다.

"그게 뭐야 싶지? 너무 부담스럽지 않아? 보통은 기겁을 할걸."

시라카와답다고 생각했다. 사귄 지 일주일 된 기념으로 커플 스마트폰 케이스를 맞췄던 것이 떠올랐다.

"하지만 루나는 엄청 귀엽잖아? 얘기도 잘 통하고. 그래서 난 생각했지. 기쁘다고. '나도 이 애랑 친구가 되고 싶다'고."

살짝 쑥스러운 듯이 웃더니 야마나는 턱을 괴었던 손을 뗐다.

"진중하니 부담스럽니 하면서 안 좋게 말하고 있지만 말이야, 내가 누군가에게 마음의 짐을 맡기고 상대방도 비슷한 무게의 짐을 내게 넘겨줘서⋯⋯ 저울이 딱 평행이 되면 둘 다 '무겁다'고 느낄 일이 없지. 잘 굴러가는 관계란 게 다 그런 법이잖아? '같은 무게 만큼 마음을 나눔'으로써 비로소 '마음이 통하게' 된다는 거지. 이해가 가?"

"으, 응⋯⋯."

야마나가 이런 얘기도 할 줄 아는 사람이었다니 의외다.

"멋진 말을 하네⋯⋯."

"'키타중의 니콜'은 시인이기도 하거든."

야마나는 씨익 웃더니 진지한 얼굴로 돌아왔다.

"하지만 우리가 아무리 마음이 통하는 사이라도 그 애가 좋아하는 건 남자고 나도 그래. 그래서 나와 루나는 '친구' 이상은 될 수 없지. 그게 안타까워서⋯⋯ 그래서 더 빨리 찾아냈으면 하는 거야. 루나가 진심으로 믿을 수 있고 정착할 수 있는⋯⋯ 계속 같이 있어 줄 유일한 남자를. 루나가 원하는 '남자친구'는 친구에게 자랑할 수 있는 미남이 아니라 그런⋯⋯ 마음으로 이어질 수 있는 남자야."

나도 어느새 감화되어 야마나의 말에 진심으로 귀를 기울이고 있

었다.

"그 애가 그런 사람을 원하는 건, 어쩌면 가정 환경 때문일지도 몰라."

야마나가 불쑥 중얼거리며 눈썹을 치켜세웠다.

"하지만 그 애가 여태껏 사귀었던 건 비위 좀 잘 맞추고 생긴 것만 멀쩡한 바보들뿐이었지. 루나가 매일 아침저녁으로 꼭 LINE 메시지를 보내오지?"

"응."

"딱히 싫지는 않지?"

"응. 날 생각해 주고 있구나 싶어서 기쁜데."

내 대답에 야마나는 흡족한 기색으로 고개를 끄덕였다.

"그게 사귄다는 거잖아?"

그런가? 이성과 교제해 본 경험이 한 달인 난 잘 모르겠지만, 야마나가 그렇다니 그런 거겠지.

"하지만 그 애의 예전 남친들은 하나같이 쓰레기라 당연히 연락이 안 되는 저녁이나 아침이 있었지. 그 애가 그걸 걱정하면 '부담스럽다'느니 '성가시다'느니 하면서 본인이 피해자인 척했어. 진짜 죽었어야 했는데."

내뱉듯이 말한 야마나는 분기탱천한 기세로 테이블 위에 산처럼 쌓인 감자튀김에 손을 뻗어 입으로 옮겼다. 나한테 주는 서비스 아니었나?

"루나는 그런데도 예전 남친들 험담을 하지 않는단 말이지. 예전 남친들뿐만 아니라 누구 얘기든 안 좋게 말하는 걸 들은 적이 없어."

"그렇구나……."

배가 고파서 나도 감자튀김을 먹기 시작했다.

"루나는 말이야, 사람을 좋아해. 다들 선량하고 근본부터 나쁜 인간은 없다고 생각하지. 그래서 예전 남친들하고도 '좋아한다'는 그녀석들의 빈말만 믿고 사귀었고, 그때마다 배신당해서 상처 입었지."

야마나는 그 대목에서 감자튀김을 옮기던 손을 순간 멈췄다.

"루나한테는 '두 달의 벽'이라는 징크스가 있어."

"두 달의……벽?"

"여태껏 사귀어 온 남친들 중에 몇 명이 채 두 달도 되기 전에 바람을 피웠다 들켰거든. 안 그런 애들도 두 달째를 기점으로 점점 차가워져서 세 달 만에 떠나갔고."

아하……. 그래서 '두 달의 벽'이구나.

"아무리 널 믿어도 지금 루나는 불안할 거야. 두 달째를 넘어갈 때까지는."

야마나는 그렇게 말하며 나를 바라보았다.

"그러니까 루나가 불안해질 만한 짓은 절대 하지 않겠다고 나랑 약속해 줄래?"

그 날카로운 시선에 압도당해서…… 그런 것만은 아니지만, 나는 깊숙이 고개를 끄덕였다.

"약속할게. 시라카와가 불안해질 만한 일은 하지 않겠어."

똑바로 마주 보며 대답하는 나를 야마나는 잠시 물끄러미 쳐다보더니.

"……그래. 이제야 마음이 놓이네."

활짝 웃었다. 나는 어린애처럼 해맑게 미소 짓는 야마나를 보며, 이 사람이 웃는 얼굴을 처음으로 제대로 본 것 같다고 생각했다.

그렇게 야마나가 내가 하려던 '얘기'는 끝났지만.

"이거, 어떡할 거야?"

자리에서 일어선 야마나는 눈앞에서 나란히 테이블에 코를 박고 있는 잇치와 닛시를 가리켰다.

"어떡할 거냐니…….."

내가 묻고 싶은 말이다. 곯아떨어지게 만든 건 너니까 책임도 져달라고는 차마 겁이 나서 말하지 못했지만.

"음, 이 상태면 내일까지 안 일어날지도 모르겠다."

"그건 곤란해!"

"뭐, 이렇게 된 건 내가 '음료수를 실수로 잘못 만들어 버린' 탓도 있으니까, 대충 수습해 볼게. 두, 세 시간쯤 자게 놔두면 맘대로 깨서 집에 가겠지."

"정말……? 그럼 부탁할게."

만취한 친구들을 앞에 두고 혼자서 먹고 마셔봤자 재미가 없었기에, 두 사람은 야마나에게 맡기고 그대로 선술집을 뒤로하기로 했다. 결국 내가 입에 댄 건 콜라와 감자튀김뿐이었다.

두 사람의 상태는 걱정됐지만, 혼자도 아니고 둘인 데다 세상 모르게 자고 있었다. 야마나도 같은 반이니까 혹시라도 무슨 일이 생기면 챙겨 주겠지.

그런 생각을 하며 계단을 내려가던 그때였다.

"······?!"

발밑이 휘청거려서 순간적으로 난간을 붙잡았다.

평소보다 시야가 좁게 느껴지고, 세상이 갑자기 멀어지는 것 같은 기분이 들었다.

가슴이 두근거리고 이유는 잘 모르겠지만 기분이 좋았다.

······설마······ 아까 닛시의 잔을 빌렸을 때 마셨던 그 한 모금 때문에?

"헐······."

대체 만들다가 얼마나 엄청난 '실수'를 저지른 거야, 야마나······.

한 모금에 이렇게 되는 수준이면 잇치와 닛시가 유달리 약해서 그렇다고도 할 수 없었다. 내가 엄청 약할 가능성도 있지만······.

뭐, 이제 집으로 돌아가서 목욕하고 잘 거니까, 부모님에게만 들키지 않으면 지장은 없겠지······ 라고 생각한 그때였다.

주머니 안에 들어있던 스마트폰이 진동했다. 살펴보니 쿠로세에게 LINE으로 전화가 오고 있었다.

"뭐지······?"

답신이 밀려서 그런가? 하지만 뭐라고 대답해야 좋을지 모르겠는데······. 평소보다 마음이 대범해진 나는 그렇게 생각하면서도 별생각 없이 통화 버튼을 누르고 말았다.

"네, 여보세요."

"아, 여보세요, 류토?!"

들려온 목소리에 나는 스마트폰을 귀에서 떼고는 다시 화면을 확인했다.

"시라카와?!"

"아하하, 놀랐어? 지금 엄마 집에 와 있는데, 내 스마트폰 충전이 끊겨 버려서. 마리아 스마트폰을 빌렸어."

틀림없이 시라카와다. 오늘 그런 일정이 있었다는 말은 듣지 못했는데.

"아…… 그러고 보니 어제 보조 배터리도 다 써 버렸지. 나도 빌려 써서 미안. 충전이 제때 안 됐나 봐?"

"응? 아~ 그랬지 참. 뭐, 상관은 없지만. 이렇게 연락이 됐으니까."

"쿠로세랑 얘기 잘했어?"

"응. 괜찮아, 고마워."

집에 가서 스마트폰을 빌릴 수 있을 정도니까. 앞으로도 조금씩 원래대로 관계를 회복하는 방향으로 가겠지.

"그래서 말인데, 류토……."

거기서 시라카와의 목소리에 살짝 긴장이 어렸다.

"류토랑 잠깐 얘기하고 싶어. 단 둘이…… 만나고 싶어."

"얘기?"

뭔가 싶어 의아해졌을 때 떠오른 건 방금 전 야마나에게 들었던 말이었다.

—아무리 널 믿어도 지금 루나는 불안할 거야. 두 달째를 넘어갈 때까지는.

그러고 보니 에노시마에서 시라카와도 평소와는 느낌이 좀 달랐다.

—두 달 기념일 때도 이렇게 같이 있을 수 있겠지?

왜 그런 말을 했을까. 하고 싶다는 얘기는 그걸 말하는 건가?

"……알았어. 시라카와, 이제 집으로 돌아갈 거야? 내가 지금 A역에 있으니까, 집으로 찾아갈까?"

"어? 아니. ……저기, 아직 돌아갈 준비를 못 해서. 그래서, 학교에서 만나고 싶어."

"학교?"

"둘이서만 만나고 싶으니까……."

"그치만 학교라니…… 애초에 일요일 이 시간에 들어갈 수나 있어? 심지어 난 사복인데……?"

선술집을 나오기 전 스마트폰을 확인했을 때는 벌써 7시가 지나 있었다. 사방도 거뭇거뭇해지는 것이, 고등학생이라면 주변 눈치를 보게 될 수밖에 없는 시간으로 접어들고 있었다.

"괜찮아, 내가 알아서 할 테니까…… 안 돼?"

정신이 들자 시라카와의 목소리는 평소와는 다른 사람처럼 약하고 가냘파져 있었다. 그것이 마음에 걸려서, 얼른 만나고 봐야겠다는 생각이 들었다.

"알았어. 일단 지금 바로 학교로 출발할게."

"응. 무슨 일이 생기면 이 스마트폰…… 마리아의 LINE으로 연락해."

"알았어."

음? 하고 순간 의문이 들었지만, 머리가 멍해서 깊이 생각하지 못한 채 전화를 끊었다.

"……대체 무슨 일이지, 시라카와."

왠지 가슴이 술렁거렸다.

—루나가 불안해질 만한 짓은 절대 하지 않겠다고 나랑 약속해 줄래?

—약속할게. 시라카와가 불안해질 만한 일은 하지 않겠어.

방금 전 야마나와 했던 대화를 떠올리며 나는 어수선한 역 앞을 빠져나가 빠른 걸음으로 개찰구로 향했다.

◇

학교에 도착하자 옆문이 열려 있었다. 교무실 창문에 불이 켜져 있는 건 선생님이 있거나, '내가 알아서 하겠다'고 말한 대로 시라카와가 먼저 도착해서 모종의 방법으로 열었거나 둘 중 하나이리라.

> 류토
> 도착했어

"체육관 창고?"

체육관 안에 있는 매트나 뜀틀을 보관해 두는 장소 말인가? 왜 갑자기 그런 곳으로 불러내나 의문이 들었지만, 이곳까지 온 이상 시키는 대로 가는 수밖에 없었다.

체육관은 어두웠지만 문은 열려 있었다. 창고의 육중한 미닫이문도 매끄럽게 열렸다.

"……시라카와?"

창고에는 창문이 딱 하나 있었는데, 외등이 멀리 떨어져 있는지 들어오는 빛이 아주 미약했다. 어둠에 익지 않은 눈으로 캄캄한 창고 안을 둘러보자 안쪽에 주저앉아 있는 사람의 그림자가 보였다.

"류토."

시라카와의 목소리가 났다.

"류토, 이쪽으로 와줘."

나는 시키는 대로 목소리가 난 쪽으로 다가갔다.

"이런 곳에서 대체……."

물어보려던 그때, 시라카와가 기세 좋게 품 안으로 달려들어 왔다.

"……시, 시라카와?"

"있잖아, 류토."

시라카와가 내 목에 손을 두르며 귓가에 속삭였다.

"나, 류토랑 섹스하고 싶어……."

"뭐?!"

뭐라고……?!

—앞으로 점점 류토를 좋아하게 되고, 류토를 더욱더 만지고 싶어
지고…… 그래서 내가 정말로 끝까지 가고 싶다는 생각이 들었을 때
섹스를 하면, 태어나서 처음으로 몸과 마음 둘 다 정말로 기분 좋아
질 수 있지 않을까 하고.

어젯밤에 그런 말을 했는데. 하루 만에 마음이 그렇게 바뀌었다고?

그런 거면…… 아니 그래도 그렇지, 이런 곳에서?!

그렇게 생각하면서도 몸은 빠르게도 반응했다. 간밤 내도록 잠을
뒤척이게 했던 감정이 아직 가시지 않은 것도 욕망의 불씨를 당기는
데 한몫했다.

들떠서 울렁거리는 머리로 왠지 모를 위화감을 느끼면서도 시라
카와의 가녀린 몸을 끌어안았다.

"……시라카와, 괜찮겠어?"

목덜미에 코를 파묻자 여자애답게 바닐라 같은 달콤한 향기가
났다.

"응……."

귓가에 한숨 섞인 뜨거운 숨결이 훅 끼쳤다.

"시라카와……."

그녀의 몸을 고쳐 안고 윤곽을 확인하듯 세게 덧그렸다. 웨이브
진 갈색 머리카락이 유혹하듯 내 코를 간질였다.

"앗……."

시라카와가 참다못한 듯 작게 신음했다. 더없이 야한 그 소리에 등줄기에 소름이 돋을 만큼 흥분했다.

나는 모든 게 다 처음이라 실제로 그런 행위를 하는 단계가 되면 허둥거릴 게 틀림없다고 생각했다. 하지만 안개가 낀 듯 몽롱한 머릿속이 평소라면 고민했을 세부 사항에 관한 인식을 앗아가 준 덕에 본능이 이끄는 대로 행동할 수 있었다.

교복 블라우스 자락에 손을 집어넣어 살짝 땀이 밴 매끄러운 피부로 손가락을 미끄러뜨렸다.

"아아……!"

시라카와가 등을 뒤로 젖히더니 반동으로 나에게 찰싹 달라붙었다. 그 모습이 사랑스러워서 더욱 세게 몸을 끌어안아 그녀를 느끼려 했다.

"……?"

그리고는 불현듯 강렬한 위화감을 느꼈다.

—날, 꼭 안아 줄래?

어젯밤 끌어안았던 시라카와의 감촉은 아직도 온몸에 선명히 남아 있다. 그때 느꼈던 크고 보드라운 가슴의 탄력이 아무리 세게 껴안아도 느껴지지 않았다.

……시라카와가 이렇게 가슴이 작았나?

그와 동시에 몇 가지 의문이 솟구쳤다.

시라카와가 이렇게 덩치가 작았던가? 확실히 날씬하고 가녀리긴 하지만 지금 품 안에 있는 그녀는 내 기억보다 훨씬 아담하게 느껴졌다.

게다가 향기도 평소 때의 시라카와와 달랐다.

아까부터 차곡차곡 쌓아온 작은 위화감들이 더는 간과할 수 없는 크기로 자라났다. 게다가 이미 제일 처음 느꼈던 위화감의 정체가, 안개가 낀 듯한 머릿속에서 조금씩 또렷하게 윤곽을 드러내고 있었다.

쿠로세의 집에 놀러 간 시라카와가 왜 스마트폰 충전이 끊겼다고 쿠로세의 스마트폰을 빌린 거지? 집이면 충전기를 빌리는 편이 더 빠르지 않나? 더군다나 쿠로세의 스마트폰을 갖고 혼자서 외출하다니…… 그런 짓을 과연 주인이 허락할까?

거기까지 생각했을 때, 끌어안고 있던 시라카와의 가슴이 부르르 인공적으로 떨렸다.

몸을 떼자 시라카와는 '앗' 하고 허둥거리며 가슴 주머니에서 스마트폰을 꺼냈다. 화면에는 '사이토'라고 표시돼 있었다. 그녀는 더듬거리는 손길로 통화 버튼을 누른 뒤 한 번 더 누르려 했다.

"쿠로세? 부탁한 대로 창고 문 닫아 놨으니까! 쿠로세……."

스마트폰에서 새어 나오던 목소리는 거기에서 끊겼다. 조초한 나머지 좀처럼 정확히 종료 버튼을 누르지 못했던 모양이었다.

들려온 목소리는 같은 반의 사이토가 분명했다. 전에 쿠로세와 내가 당번이 됐을 때 쿠로세가 들고 있던 파일을 교무실까지 대신 옮겨다 준 남자애다.

시라카와가 갖고 있는 건 쿠로세의 스마트폰이니 쿠로세 앞으로 전화가 오는 것까지는 충분히 납득할 수 있었다.

하지만…… 나는 보고 말았다.

스마트폰 화면이 내뿜는 빛에 비친 그 얼굴은 내가 알던 시라카와와는 미묘하게 달랐다.

"쿠로, 세……?!"

놀란 나머지 목소리가 갈라졌다.

이게 어찌 된 일이지?

평소와 다르게 화장을 한 듯한 쿠로세는 확실히 아주 조금 시라카와를 닮았다. 웨이브진 갈색 긴 머리도 시라카와와 비슷했다.

"……어째서 쿠로세가……?"

무슨 일이 벌어진 건지 이해가 가지 않았다. 머릿속은 완전 패닉 상태였다.

눈앞의 쿠로세는 내 모습을 보고는 잠시 얼어붙어 있었지만.

"시라카와는?"

내가 그렇게 질문하자 작게 탄식하더니 머리에 쓴 가발을 벗었다. 하나로 묶은 머리카락을 풀자 늘 보던 쿠로세의 검은 머리카락이 매끄럽게 흘러내렸다.

"루나 따위 알 게 뭐야. 지금 시간이면 집에서 할머니가 차린 저녁 밥이라도 먹고 있겠지."

"……."

요컨대 시라카와는 이번 일과는 완전히 무관계하다는 뜻인가? 쿠로세에게 뭔가 해코지를 당한 건 아니라는 사실을 알게 되자 살짝 마음이 놓였다.

　"왜 이런……."

　얼빠진 내게 쿠로세는 방긋 웃었다. 창고의 어둠에도 눈이 익숙해져서 조금씩 디테일이 보이기 시작했다.

　"나랑 루나가 외모는 안 닮았어도 목소리는 쏙 빼닮았거든. 어렸을 때부터 전화 소리만 들으면 부모님도 착각할 만큼. ……그치, 류토!"

　순간 정말로 시라카와가 날 부른 것 같은 기분이 들어서 목소리가 나온 곳을 아닌데도 뒤를 돌아보고 말았다.

　어째서 알아채지 못했을까. 아니, 나뿐만이 아니라 반 아이들 누구도 그런 말을 하지 않았다. 아마도 얘기할 때의 톤과 말씨가 전혀 다르기 때문이리라.

　몰랐기 때문에 시라카와의 전화인 줄 알고 의심도 없이 여기로 와버렸다.

　"……왜 이런 짓을 했어?"

　"말했잖아. '나, 류토랑 섹스하고 싶어.'……."

　다시 시라카와의 목소리를 흉내내며 쿠로세가 미소 지었다.

　방금 전 일이 떠올라 가슴이 철렁거렸다.

　맞아, 내가…… 쿠로세에게 그런 짓을…….

　이 두근거림과 식은땀이 어떤 감정에서 기인한 건지는 스스로도 잘 이해가 가지 않았다.

그래도 여기에 있으면 곤란하다는 것만은 대충 알 수 있었다.

"……그! 그럼, 난 이만 가볼 테니까."

발길을 돌려 입구로 돌아갔지만 금속으로 된 미닫이문은 꿈쩍도 하지 않았다.

"밖에서 잠가 달라고 부탁했어. 아까 들었잖아?"

"……."

사이토의 소행인가.

"어째서……."

나는 힘이 풀려 문에 등을 대고 미끄러지듯 주저앉았다.

"사이토가 유도부라서, 체육관 창고 열쇠를 자주 사용하거든. 기회를 봐서 오늘 밤에 가지고 나와 달라고 부탁해 뒀지."

사이토가 흑심을 품고 쿠로세가 하라는 대로 행동했다는 건 이해할 수 있었다. 쿠로세는 아이돌 수준으로 예쁘장한 애니까 무리도 아니다.

하지만…….

"……저 창을 통해서 나가자. 아니면, 아직 선생님이 있는 것 같으니까 교무실에 전화해서……."

"괜찮겠어? 루나한테 들켜도?"

"뭐?"

"루나한테 말할 건데. 카시마가 방금 했던 짓."

"그건……!"

반박하려 하자 쿠로세가 내 앞으로 다가와 무릎을 꿇더니 나를 끌어안았다.

"……!"

"그래도."

쿠로세가 얼어붙은 내 귀에 대고 속삭였다.

"끝까지 해 주면, 아무한테도 말 안 할게."

뭐라고……?

야마나의 말이 떠올랐다.

—루나가 불안해질 만한 짓은 절대 하지 않겠다고 나랑 약속해 줄래?

아까 쿠로세를 끌어안았을 때 야릇한 기분이 든 건 시라카와인 줄 알았기 때문이다.

하지만 실제로는 쿠로세였고……. 목소리가 닮아서 착각했다느니 취해서 맨정신이 아니었다느니 하며 구구절절 변명을 늘어놓아도, 이곳에서 쿠로세와 단둘이 마주 안고 있었던 건 사실이었다.

여기서 있었던 일을 시라카와가 알게 된다면…….

그런 생각이 머릿속을 맴도는 와중에도 쿠로세는 나를 꼭 안고 있었다. 보드라운 몸이 밀착하자 방금 전 느꼈던 감각이 되살아났다. 지금 이 순간에도 내가 좋아하는 사람은 여전히 시라카와였지만, 그런 마음과는 반대로 몸은 조금씩 달아오르기 시작했다.

"……끝까지 하면 비밀로 해 줄 거야?"

머뭇거리며 묻자 쿠로세는 고개를 끄덕였다.

"웅. 아무한테도 말 안 할게. 사이토도 내가 이 안에 있다는 건 모를 테니까, 절대 안 들킬 거야."

쿠로세는 귓가에 속삭이며 내 등에 두른 손을 아래위로 쓸었다.

"그렇게 루나가 좋으면 루나인 척해 줄 테니까. ⋯⋯웅? 류토?"

머리로는 알고 있는데도 착각이 들었다.

어젯밤에 나를 번민하게 했던 욕망이 되살아났다. 정신이 들었을 때는 이미 쿠로세를 바닥에 쓰러뜨리고 있었다.

"시라카와⋯⋯."

"류토, 이리 와⋯⋯."

쿠로세의 손이 내 셔츠 안으로 파고들었다.

머리가 몽롱하고 뜨거웠다.

쿠로세만 비밀로 해 준다면⋯⋯.

하지만 시라카와를 배신한다는 사실은 변하지 않았다.

그렇게 생각하자 냉정이 조금씩 되돌아왔다.

하지만, 미수라도 들켜서 시라카와를 불안하게 만드는 것보다는⋯⋯.

그래도, 배신은 배신이다.

머릿속에서 천사와 악마가 어지럽게 속닥거렸다.

"류토⋯⋯."

그때 쿠로세가 귓가에 대고 속삭인 목소리에 나는 퍼뜩 정신이 들었다.

―류토, 따뜻해. ⋯⋯안심돼.

간밤에 행복하게 귓속을 울렸던 시라카와의 목소리.

목소리도, 온기도…… 분명 비슷하긴 했지만.

이곳에 있는 건 시라카와가 아니다.

"쿠로세."

제정신으로 돌아온 나는 그녀에게서 멀어지며 몸을 일으켰다.

"……한 가지 확인해도 돼?"

아까부터 어렴풋이 이상하다는 생각은 하고 있었다. 머리가 멍해서 이유가 뭔지까지는 알아내지 못했지만. 그 이유가 이제야 짐작이 갔다.

"쿠로세가 시라카와인 척 날 불러낸 건, 시라카와에게 복수하려고 하는 거잖아……."

쿠로세는 부모님이 이혼했을 때 좋아했던 아버지가 쿠로세가 아니라 시라카와를 키우기로 한 것에 원망을 품고 있었다. 그래서 전에도 시라카와에 관해 안 좋은 소문을 흘려 그녀를 괴롭히려고 했다. 이번 일도 그것의 연장선상이리라.

"그렇다면 나랑 쿠로세가…… 그, 남녀 관계를 맺는다고 해도, 그 사실을 누군가에게 밝힐 게 아니라면 쿠로세 입장에선 의미가 없지 않을까?"

쿠로세도 몸을 일으키더니 바닥에 털썩 주저앉은 채 눈만 들어 나를 보았다.

"……왜 그렇게 생각해? 내가 끝까지 가든 안 가든 루나에게 이를 속셈일 거라 말하고 싶은 거야?"

"하지만, 안 그러면…… 쿠로세가 얻는 이득이 어디에 있어? 뭘 위해서……."

좋아하지도 않는 남자를 유혹한 건데?

그렇게 생각한 순간.

"……좋아해."

쿠로세가 불쑥 중얼거렸다.

"좋아하니까…… 그냥 카시마랑 하고 싶었어."

"뭐어?!"

그럴 리가 없다는 생각에 쿠로세를 보자 그녀는 눈을 내리깐 채로 몸을 떨고 있었다. 그 뺨에는 어둠 속에서도 티가 날 만큼 붉은 기가 어렸고, 앙다문 입술은 힘이 너무 들어간 나머지 하얗게 질려 있었다.

이 모습이 연기라고는, 도무지 생각되지 않았다.

"좋아해……. 내가 루나에 대한 소문을 퍼뜨린 걸 나무랐을 때부터."

"어, 어째서……?"

"……어째서려나? 꼭 가족이 되어 준 것 같아서? 내 얘기도 제대로 들어 줬고……."

수줍게 대답한 쿠로세는 이내 표정을 굳히며 나를 올려다보았다.

"그래도 너한테 그건 중요하지 않잖아?"

갑자기 태도를 바꿔 뻔뻔하게 말한 쿠로세는 입꼬리를 비틀며 웃었다.

"넌 루나한테만 비밀로 해 주면 상관없으니까."

"아니."

완전히 이성을 되찾아 머릿속이 깨끗해진 나는 고개를 저었다.

"그렇다고 해도 더 이상은 못 해. 시라카와를 배신하는 짓이기도 하지만……."

그리고는 물끄러미 내 쪽을 올려다보는 쿠로세에게 말했다.

"쿠로세한테도 못할 짓이잖아."

그 말을 들은 쿠로세가 퍼뜩 놀란 듯이 눈을 부릅떴다.

그때.

"거기 누구 있냐?! 대화 소리가 들리는데."

체육관 쪽에서 사람의 목소리가 들리더니 철컥 하고 자물쇠가 풀리는 소리가 나며 미닫이문이 열렸다.

문 앞에는 순찰 중인 듯 손전등을 들고 있는 경비 아저씨가 서 있었다.

"여기서 뭘 하고 있었지? 몇 학년 몇 반이야? 선생님한테 말해야……."

그 말을 듣기 무섭게 쿠로세가 달음박질쳤다.

"어이, 이봐!"

경비 아저씨가 쫓아갈까 망설이는 것을 보며 나도 뛰기 시작했다.

"너희들, 거기 서지 못해!"

선생님에게 연락했다간 시라카와는커녕 온 학교에 쿠로세와 단둘이 창고에 있었다는 사실을 들킬 것이었다.

체육관을 나서자 나를 기다리고 있었던 쿠로세가 말했다.

"나는 뒷문으로 나갈 테니까, 카시마는 옆문으로 돌아가."

"아, 알았어."

"그럼……."

그렇게 인사하며 일단 떠나려던 쿠로세가 나를 뒤돌아보았다.

"……아무튼, 좋아하니까."

그녀는 미소를 지으며 그렇게 말하더니 달려나갔다.

"……."

홀로 남겨진 나는 순간 넋이 나갈 뻔했지만.

"……아차."

경비 아저씨를 떠올리고는 서둘러 옆문으로 뛰기 시작했다.

◇

긴 하루였다.

시라카와와 손을 잡고 밤새 잠을 뒤척였던 간밤을 돌이켜보면 다 같은 날에 일어난 일이라는 게 믿기지 않았다.

집으로 돌아와 방 침대에 몸을 눕히자 피로가 와락 들이닥쳤다.

천장을 올려다보며 멍하니 생각했다. 떠오르는 건 역시나 좀 전에 쿠로세가 했던 말이었다.

―아무튼, 좋아하니까.

그건 고백이었을까?

그렇다면 난 대답을 해야 하나?

쿠로세한테는 창고 안에서 끝까지 갈 수 없다고 말했지만, 바로 뒤에 경비 아저씨가 쫓아와서 흐지부지 해산해 버리는 바람에 제대로 대답을 못 한 것 같은 기분이 들어 찜찜했다.

쿠로세…….

창고 안에서 있었던 일련의 사건들을 떠올리자 심박수가 급격하게 치솟았다.

쿠로세, 귀여웠지. 마음만 먹으면 같이 못 놀 남자가 없을 텐데, 왜 하필 나일까?

나도 중1 때는 쿠로세를 좋아했으니까, 지금도, 시라카와와 사귀지 않았다면…… 아니지, 그런 '가정'은 해 봤자 소용없다.

지금 나는 시라카와밖에 안중에 없으니까.

쿠로세한테는 다시 확실히 말하자.

그렇게 생각하며 LINE을 켰다.

어찌어찌 잠을 쫓아내며 침대 위에 정좌한 채 통화 마크를 눌렀다. 메시지만으로 거절하는 건 예의가 아니라고 생각했기 때문이다.

"……여보세요."

쿠로세는 바로 전화를 받았다.

"여보세요, 쿠로세? 집에는 잘 들어갔어?"

"응."

"다행이다. ……저기, 아까 나한테 했던 말 있잖아."

"카시마."

강경하게 이름을 부르는 어조에 나는 말을 멈췄다.

"대답은 알고 있어. 하지만 얼굴을 보면서 듣고 싶어."

"어……."

"전화로 들으면 포기하지 못할 것 같아. 카시마에게 더는 민폐를 끼치지 않을게. 이번이 마지막이니까…… 한 번만 만나 주면 안 돼?"

방금 그 말투는 쿠로세였지만, 목소리는 확실히 시라카와를 닮았다. 그렇게 생각하자 더더욱 함부로 거절할 수 없어 난감했다.

"……알았어. 그래도 만나는 건 밖에서 하기다?"

오늘 같은 일이 생길까 봐 경계하며 말하자, 스마트폰 너머의 쿠로세가 살며시 웃었다.

"알았어. 공원 같은 데도 상관없어."

"오늘은 이미 늦었으니까, 내일 만나도 돼?"

"응. 내일 날이 밝으면."

그렇게 구체적인 약속 장소와 시간을 정한 뒤 전화를 끊었다.

◇

다음 날은 무덥고 흐린 날씨였다.

정오가 다 되어 가는데도 잇치와 닛시의 디스코드 접속이 온라인으로 바뀌지 않아 걱정이 된 나머지 LINE으로 먼저 잇치에게 전화를 걸었다.

어제는 완전히 녹초가 돼서, 두 사람을 걱정하면서도 잠이 들고 말았다.

"여보세요? 잇치? 괜찮아?"

연결이 됐는데도 말이 없어 먼저 물어봤더니, 다음 순간 스마트폰이 찢어질 것처럼 쩌렁쩌렁한 목소리가 되돌아왔다.

"괜찮긴 얼어죽으으으을─!"

"……왜, 왜 그래"

무슨 일이 있긴 했던 듯하지만 일단 무사하다는 사실에 안도했다.

"그 망할 여자애! 뭐가 칼피스 소다야! 칼피스로 이렇게 머리가 깨질 만큼 아파질 리가 없잖아!"

"맞아, 누굴 놀리나! 인싸 동정의 순정을 농락하다니!"

바로 옆에서 닛시의 목소리도 들려왔다.

"닛시도 같이 있어?"

"당연하지, 여긴 우리 집이라고!"

"엥?"

"닛시한테 하룻밤 신세를 졌어……. 아버지가 '고등학생이 어딜 이 시간에 시뻘건 얼굴로 기어들어 오냐'면서 때리더니…… 집에서 쫓아냈거든."

당황한 내게 잇치가 비통한 목소리로 설명했다.

"우리 집도 부모님이 노발대발하셨는데, 몹쓸 점원이 주문을 실수했다고 설명하고 겨우 잇치랑 집에 들어갈 수 있었어."

확실히, 고의든 실수든 고등학생한테 그런 음료수를 서비스한 점원은 몹쓸 사람이 맞긴 했다……

"그래서 잠을 잔 것까진 좋은데, 꼭두새벽부터 토하고 설사하고, 머리는 지끈거리고 장난 아니었어."

"앞으로는 평생 술을 마시지 않기로 다짐했어!"

"그 망할 오니 갸루!"

"캇시는 어느새 가버리고 없고 말이야!"

"아, 그것 말인데, 정말 미안……."

원망하던 두 사람의 창끝이 내 쪽을 향하기 시작해서 황급히 사과했다.

"너희 둘이 잠드는 바람에 할 일도 없었고, 야마나가 뒷일은 본인이 알아서 해 주겠다고 해서…….'"

"알아서 하긴 뭘 알아서 해, 망할 오니 갸루! '나도 이제 퇴근할 거니까 돌아가'라면서 찬물이 든 페트병 두 개를 던지고 쫓아냈다고!"

"그 녀석은 오니 갸루가 아냐! 그냥 오니(도깨비)지!"

"일륜도*로 절단을 내 버릴 거야!"

"……."

어쩐지 그럴 것 같더라니, 역시나 극진히 보살펴 주지는 않았던 모양이다.

나도 그렇지만 이 둘도 황당한 선술집 데뷔를 하게 된 것 같아 다소 미안한 마음이…… 들었는데.

"역시 선술집은 아닌 것 같아."

---

* 일륜도 : 귀멸의 칼날에서 도깨비(혈귀)를 처단하는 귀살대가 쓰는 도검.

"그러게. 솔로 탈출을 노리려면 캇시처럼 여자애랑 바다에 가야 겠어."

"여자애는 없지만 일단 바다에 가면 어떻게든 되지 않을까?"

"맞아, 일단은 바다에 가는 거야."

"내년엔 암흑의 대입시험 서머니까, 올해 안에 수영복 걸들을 봐 둬야겠지."

잇치와 닛시는 현실도피를 하듯 앞으로의 포부를 주고받기 시작 했다.

"……그래도 야마나는 너희 둘을 걱정하던데?"

그대로 놔뒀다간 두 사람의 야마나에 대한 인상이 최악이 돼 버릴 것 같아 두둔하긴 했지만 영 거짓말은 아니었다.

어젯밤 야마나에게서 '무사히 집에 보냈으니까, 정 위험할 것 같으면 피로회복제라도 사줘.' 하고 한마디 메시지가 와 있었던 것이다.

"엥, 정말?"

그러자 잇치의 목소리 톤이 변했다.

"오니 갸루한테도 사람의 마음은 있었구나…….."

"사람을 들었다 놨다 다시 들다니, 아주 반전 매력의 달인인데?"

"역시 시대는 오니 갸루야."

"당근과 채찍의 루프를 벗어날 수가 없어!"

닛시와 분한 기색으로 주거니 받거니 대화를 나눈다. 씩씩한 친구들이라 다행이었다.

그렇게 두 사람의 무사하다는 것을 확인한 나는 셋이서 시시한 얘기 몇 마디를 주고받은 뒤 전화를 끊었다.

그리고는 쿠로세를 만나기 위해 집에서만 입는 트레이닝복을 갈아입기 시작했다.

◇

쿠로세와 만나기로 약속을 잡은 곳은 K역 근처에 있는 커다란 공원이었다. 원래 쿠로세와는 같은 공립중을 다녔기에 집이 가까웠는데, 돌아온 할아버지의 집도 예전과 같은 곳이라고 했다.

집에서 10분 정도 걸어서 공원에 도착하자 약속시간 몇 분 전이었는데도 쿠로세가 이미 와 있었다.

"카시마."

나를 눈치 챈 쿠로세가 기쁜 듯이 미소 지었다. 그 얼굴이 귀여워서, 이제부터 하려고 하는 말을 생각하며 마음이 괴로워졌다.

한때는 좋아했던지라 외모가 취향이어서 한층 더 마음이 괴로웠다.

그래도 확실히 말해야 한다. 시라카와를 불안하게 만들지 않기 위해서라도 쿠로세한테는 단호하게.

"와 줘서 고마워, 카시마."

쿠로세는 이런 식으로 부드럽게 웃는구나.

그것은 교실에서 남자들에게 보이는 교태를 부리는 미소도, 시라카와에 대한 나쁜 소문을 퍼뜨릴 때처럼 심술궂은 미소도 아닌 좋아하는 사람이나 친구 앞에서 보이는 자연스러운 미소였다.

좋아하는 사람…… 역시, 날 좋아한다는 게 사실이었구나…….

"걸으면서 얘기하지 않을래?"

쿠로세의 제안에 우리들은 공원 안 산책로를 걷기로 했다. 맑은 날씨인 날에는 나뭇잎 그림자가 아름답게 드리우는 곳이었지만 오늘처럼 우중충한 날에는 그저 어두침침하게 느껴졌다. 한여름 옥외에서 쾌적하게 지낼 수 있는 장소가 적다는 걸 감안하면 옆에 인공 개천도 흐르는 이곳은 서늘하고 괜찮은 곳이었다.

"카시마, 경비 아저씨한테 잡힌 줄 알았어."

"괜찮아. 입으로만 잡겠다고 하지 쫓아오진 않았던 것 같아."

"그렇구나. 할아버지라서 그런가."

공원은 선로를 따라 높은 지대에 자리하고 있어서, 전철이 통과하는 소리나 비행기가 상공을 지나가는 소음에 이따금 대화가 중단되었다.

몇 번째인가의 중단 뒤 나는 마음을 다잡고 입을 열었다.

"쿠로세."

그러자 옆에 있던 쿠로세가 우뚝 멈춰 섰다.

"카시마, 나 있잖아."

앞을 응시하며 말한 쿠로세는 발밑으로 시선을 떨구더니 살며시 미소 지었다.

"여기 오기 전까지, 즐거웠어. ……데이트를 하러 가는 것 같은 기분이 들어서, 뭘 입을지 고민하고, 머리카락도 세팅하고…….."

나는 그제야 퍼뜩 놀라 쿠로세의 전신을 보았다. 쿠로세는 검은

색과 핑크색 깅엄체크 원피스를 입고 있었다. 핸드백과 구두는 검은색으로, 고스로리*까지는 아니지만 전체적으로 걸리시한 느낌이 도는 아이템으로 통일되어 있었다.

"그치만, 차이겠지. 알고는 있었지만, 마음이 아파……."

쿠로세의 발치에 뚝뚝 물방울이 떨어졌다. 기어이 비가 내리나 싶어 하늘을 올려다보려다 그녀의 눈에 시선이 박혔다.

쿠로세는 울고 있었다. 입술을 앙다문 채 꾹 참듯이 가늘어진 두 눈에서 닭똥 같은 눈물이 주르륵 넘쳐흘렀다.

"여태껏 나한테 고백해 준 남자애들…… 카시마도, 이런 기분이었던 걸까? 마음 아프게 해서, 미안, 카시마……."

"미안해, 쿠로세……."

쿠로세의 말을 어루만지듯 말하자 그녀의 어깨가 크게 들썩였다.

확실히 거절하려고 여기에 온 거지만.

지금 그녀에게 더 이상 말하는 건 가혹할 듯했다. 이 말만으로도 내 마음은 매우 충분하리만큼 전달됐을 터였다.

나는 그동안 자신이 평범한 얼굴의 아싸라서 인기가 없고 좋아하는 여자애한테도 차이는 거라 생각했다. 하지만 연애에서 그보다 더 중요한 것은 사람과 사람 사이의 인연이고 타이밍이었다. 그래서 쿠로세 같은 미소녀가 나처럼 특출난 것 없는 남자에게 차이는 일도 생기고, 시라카와처럼 사랑스럽고 착한 아이가 남자 때문에 계속 눈물을 흘렸던 것이다. 그리고 나 같은 남자가 시라카와처럼 멋진 아

---

* 고스로리 : 고딕 스타일과 로리타 패션을 섞은 일본 패션의 한 갈래.

이와 사귀는 일도 생겼다.

인싸라서 인기가 없다거나 귀여운 애라서 인생이 편하다는 건 다 색안경에 지나지 않는다는 것을 깨달았다.

이걸로 예전에 쿠로세에게 차인 원한을 풀었다는 생각은 티끌만큼도 하지 않았지만.

─미안해. 카시마는 친구라고 생각하지만…….

그 말을 들었던 순간부터 줄곧 마음속에 괴어 있던 커다란 응어리가 싹 사라진 것 같은 기분이 들었다.

"쿠로세…… 잠시 앉아서 쉴래?"

산책로에는 군데군데 벤치가 놓여 있었다. 주위의 시선이 마음에 걸려 제안한 내게 쿠로세는 튕기듯 달려들었다.

"……?!"

순간적으로 몸을 굳히며 떼 놓으려 했지만.

"……흑…… 흐윽…… 웃."

어린애처럼 흐느껴 우는 그녀를 눈앞에 두자 가슴이 아파서 차마 그럴 수 없었다.

"흑…… 카시마…… 윽."

쿠로세가 우는 중간중간 목 안쪽에서 애써 말을 짜냈다.

"이제 돌아갈 테니까…… 흑, 잠시만…… 이렇게 있어 줘…….."

"……알았어."

쿠로세는 내 가슴에 얼굴을 묻고 등에 팔을 두른 채 매달리듯 품에 안겨 울었다.

그 가녀린 등을 마주 안아 줄 수는 없었지만.

지금 이 순간만큼은 그녀의 기분에 동조해 주고 싶다고 생각했다.

제 3 . 5 장
루나와 니콜의 긴 전화

"니콜, 알바 고생 많았어~!"

"오~ 루나, 바다는 재밌었어? 태풍 때문에 힘들었지."

"응~ 정말. 그래도 재밌었어. 류토랑 손 잡고 잠도 잤어."

"뭐, LINE으로 대충 듣긴 했지만. 역시 그 애는 대단하다."

"류토는 성실하니까."

"그렇지. 나도 그 점만큼은 인정하기 시작했어. 하지만 아무리 성실한 남자라도 바람을 피우지 않는다는 보장은 없다는 거 알지?"

"음…… 그럴지도 모르지만, 그래도 류토는 'the last man'이니까."

"엥? 그게 뭐야, 영화? 어●저스?"

"후후. 아무튼, 류토는 걱정하지 않는다는 뜻이야."

"말은 그렇게 해도 솔직히 불안하지? 아직 두 달이 안 지났으니까."

"……그러게 말이야. 이유를 모르겠어."

"역시, 아버지 때문이려나?"

"……응. 엄마가 어린 시절에 해 준 말이, 계속 마음 한구석에 남아 있거든. '바람을 피지 않는 남자는 없다. 여자는 참을 수밖에 없다'는 말."

"그치만 어머니는 결국 못 참고 떠나갔잖아?"

"응……. 그래도 아빠가 엄마를 제일 좋아했던 건 사실이라고 생각해."

"뭐? 그럼 애초에 바람을 피우지 말았어야지. 우리 집 아저씨도 그렇고 말이야. 사랑하는 여자를 상처 입히면서까지 그렇게 섹스를 하고 싶은가?"

"……이해가 안 되긴 해."

"이해하고 싶지도 않아. 이해할 필요도 없고."

"……난 말이야, 예전 남친들과 사귀었을 때는 처음부터 머리 한구석에 그런 생각을 갖고 있었어. '이 사람은 바람을 피울지도 모른다'고."

"그래서 내가 늘 처음에 경고했잖아. 그런데도 루나는 '믿고 싶다'고 말했지."

"응. 믿고 싶었지만, 배반당했지……. 그래도 머릿속으로 '역시나'란 생각을 했으니까, 대충 납득할 수 있었다고 할까…… 아슬아슬하게 감당할 수 있는 정도의 충격이었어."

"하지만, 많이 울었잖아, 루나……."

"응……. 류토는 정말로, 진심으로 괜찮을 거라 믿게 돼. 그래서…… 더 무서운 것 같아."

"만에 하나라도 바람을 피울까 봐?"

"응……. 그때 난 과연 버틸 수 있을까 하고. ……뭐, 류토는 절대 그런 짓은 하지 않겠지만."

"그렇겠지. 뭐, 시간이 해결해 줄 거야. 한 달 뒤에는 웃고 있을걸. '역시 걱정할 필요 없었다'고."

"맞아. 그렇게 되겠지, 틀림없이."

웃으며 스피커 모드로 침대에 놓아둔 스마트폰을 보았다. 좋아하는 사람과 세트로 맞춘 스마트폰 케이스를 응시하며 루나는 혼자 가늘게 눈을 휘었다.

제4장

　1학기 마지막 날의 학교에는 아침부터 왠지 수상한 분위기가 감돌고 있었다.

　"앗, 저기 봐……."

　"헐, 느낌은 평범한데, 제법인걸……."

　내가 등교하자 대화를 나눠본 적도 없는 동급생들이 이쪽을 보며 숙덕거렸다.

　시라카와 때문인가? 하지만 교제 사실이 들킨 뒤로 시간이 꽤 지났는데, 왜 지금 와서?

　교실로 들어가 내 자리로 향하는데, 이미 자리에 앉아 있던 잇치가 내 모습을 확인하더니 낯빛을 바꿨다.

　"캇시!"

　황급히 자리에서 일어나 우람한 몸을 흔들며 내 쪽으로 다가온다.

　"안녕, 잇치……."

　"너 무슨 짓을 한 거야?!"

　"엥?"

　"됐으니까 이리 와 봐!"

　교실에서 끌려 나와 복도 한구석으로 내몰린 나는 영문도 모른 채 친구의 얼굴을 쳐다보았다.

"왜, 왜 그래, 잇치."

"너야말로 왜 그랬어?! 캇시, 쿠로세랑 바람을 피웠다며?!"

머리가 새하얘졌다.

당연히 바람을 피우지는…… 않았다. 하지만…….

"누가 그런 말을 했어?"

"다들! 학교에 오니까 다들 그 얘길 하고 있던데. 인싸들이 나한테까지 와서 '진짜야?' 하고 말을 걸었다고."

"왜 그런…….

"짐작 가는 구석은 있나 보네?"

잇치가 눈을 가늘게 뜨며 노려보아서 나는 무심코 시선을 피하고 말았다.

"아니, 바람을 피운 건 아닌데…….

쿠로세와 이틀에 걸쳐 개인적으로 만난 건 사실이다. 그중 일부를 목격하고 오해한 것일 수도…… 하지만 그런 불확실한 정황증거로 '바람을 피웠다'고 단언한다고?

설마…….

"앗, 야! 기다려 보라니까, 캇시!"

잇치가 부르는 것도 안중에 없이 나는 교실로 돌아왔다.

"너, 한 거야?! 시라카와라는 여친이 있으면서…… 그런 미소녀랑도 한 거야?! 젠장! 망할 가짜 아싸 자식!"

잇치의 노성이 울려 퍼지는 복도에서 교실로 들어오자 반 아이들의 시선이 우르르 내게로 몰렸다 분산됐다.

시라카와는 교실에 없었다.

나는 내 자리로 가서 가방을 내려놓고는.

"쿠로세, 잠시 시간 괜찮아?"

옆자리의 쿠로세에게 말을 걸었다.

쿠로세는 움찔 어깨를 떨더니 내 쪽을 바라보았다. 내가 말을 걸 것을 이미 각오한 눈치였다.

"……괜찮아."

그렇게 대답한 얼굴은 놀라울 만큼 낙담한 듯이 보였다.

우리들은 근처에 있던 빈 교실에 들어갔다.

내가 문을 닫자마자 쿠로세가 입을 열었다.

"내가 그런 거 아냐."

쿠로세 역시 침울한 표정을 짓고 있었다. 눈 주위도 설핏 부어 있는 것이 간밤에 늦게까지 울었던 흔적 같았다.

"하지만, 그럼……."

"루나에 대한 복수는 부차적인 문제였어. 난 그저 카시마에게 사랑받고 싶었을 뿐이라고……."

쿠로세가 탄식하듯 말을 토해냈다.

"그게 이루어지지 않았는데 소문만 퍼뜨리다니…… 그런 의미 없는 짓을 왜 하겠어. 나한테도 자존심 정도는 있다고."

이 모습을 봐서는 그녀가 거짓말을 하는 것 같진 않았다.

"……그렇구나, 미안."

내가 사과하자 쿠로세는 힘없이 입꼬리를 올렸다.

"나야말로, 카시마를 휘둘러서 미안. LINE도 블락할 테니까."

"……응……."

이렇게 된 이상 그렇게 하는 수밖에 없긴 했다.

"그럼…… 가자."

교실로 돌아가려고 문에 손을 걸친 그때였다.

"있잖아, 카시마."

불러 세우는 목소리에 뒤를 돌아보자 쿠로세가 미소를 짓고 있었다. 방금 전까지와는 달리 그 얼굴은 의기소침한 와중에도 희색에 물들어 있었다.

"옛날에, 카시마가 나한테 고백했을 때 OK 했다면…… 지금, 카시마 옆에 있는 사람은 루나가 아니라 나였겠지?"

쿠로세…….

뭐라 대답할 말이 없어 침묵하자 쿠로세의 미소가 다시 어두워졌다.

"……그냥 해 본 소리였어. 어차피 가정해 봤자 소용없는데 말이야."

가자, 하는 재촉에 나는 '응…….' 하고 이번에야말로 문을 열었다.

그때였다.

"꺄악!"

눈앞에 있던 인영(人影)이 외치더니 발밑에 뭔가가 떨어지며 빠개지는 소리가 났다.

그것은 낯익은 케이스를 씌운 스마트폰이었다. 나는 퍼뜩 놀라 고개를 들었다.

그곳에 있었던 사람은 시라카와였다.

그 뒤에는 귀신 같은 얼굴로 야마나도 서 있었다.

"류토……."

시라카와는 믿을 수 없다는 표정으로 작게 고개를 젓고 있었다.

"예전에…… 류토가 고백했다 차인 여자애란 게…… 마리아였어……?"

아차 싶었다.

다 들었구나.

시라카와에게 아직 하지 않았던 말을…….

"어째서…… 어째서 말해 주지 않았어……?"

"미안, 그건……."

"왜 사과해?"

시라카와는 비통한 얼굴로 입술을 떨었다.

"나한테 사과해야 하는 일을, 했어……?"

"아니, 아냐, 그건……."

"듣기 싫어!"

처음으로 들어본 시라카와의 거친 목소리에 몸이 얼어붙어 꼼짝도 하지 않았다.

시라카와는 심하게 충격을 받은 얼굴로 나를 쳐다보고 있었다. 그 눈동자에 반짝임이 차올랐다.

"왜 그랬어? 류토…… 싫어, 난…… 못 참겠어."

시라카와는 그렇게 말하고는 발길을 돌려.

"시라카와!"

내 외침에도 뒤돌아보지 않고 복도를 달려가 버렸다.

쫓아가야 한다고 생각했다. 하지만 그 전에 눈앞에 떨어져 있는 시라카와의 스마트폰을 주우려다 손을 뻗은 채로 얼어붙었다.

거기에는 나와 쿠로세가 끌어안고 있는 사진이 거미줄처럼 갈라진 화면 가득 표시돼 있었다. 액정은 아마 낙하 때 충격으로 금이 간 듯했다.

"……"

어제 공원에서 찍힌 사진이다. 화각을 보니 내 비스듬히 뒤쪽에서 줌으로 당겨 찍은 듯했다. 이래서는 쿠로세가 울고 있다는 것도 내가 그녀의 등에 손을 두르고 있지 않다는 것도 알 수 없다.

정신을 차리고 스마트폰을 주우려던 그때, 눈앞에서 낚아채듯이 누군가가 먼저 폰을 주워들었다.

야마나다. 야마나는 귀신 같은 형상으로 날 쏘아보더니 스마트폰을 왼손으로 바꿔 들고 오른손을 크게 휘둘렀다.

"이 저질—!"

철썩 소리와 함께 뺨에 날카로운 아픔이 흘렀다.

얼굴이 저절로 옆으로 돌아가 따귀를 맞았다는 사실을 깨달았다.

"……이 몹쓸 자식……."

야마나는 날 한 번 노려보고는 시라카와의 뒤를 따라 달려갔다.

"……괜찮아? 카시마."

등 뒤에서 말을 걸어와 뒤돌아보자 쿠로세가 걱정스런 표정을 짓고 있었다.

"응……."

"그럼, 가볼게. 여기서 더 오해를 사고 싶진 않을 테니까."

쿠로세는 그렇게 말하고는 내 옆을 지나 교실로 갔다.

혼자 남겨진 나는 퍼뜩 정신을 차리고는 복도로 나왔다. 쫓아가려고 해도 시라카와의 모습은 이미 온데간데없었다.

일단 교실로 돌아가 봤지만 그곳에는 시라카와도 야마나도 없었다.

뺨이 얼얼해 만져 보자 손가락 끝에 살짝 피가 묻어 나왔다. 야마나의 긴 손톱에 스쳐 생채기가 난 것이리라.

일이 어쩌다 이렇게 된 거지……. 내가 뭘 어떻게 해야 했을까?

나는 종업식 내내 계속 그 생각만 하고 있었다.

시라카와의 스마트폰에 표시돼 있던 사진은 다른 반 동급생이 찍은 것임이 반 아이들의 대화로 판명되었다. K시에 있는 다른 중학교 출신으로 어제 같은 중학교 동창과 동네 공원에 놀러 갔다가 먼발치에서 나와 쿠로세를 목격하고는 촬영한 것이라고 했다. 나와 시라카와의 교제 사실을 알고 있었기에 특종을 잡았다며 친구에게 사진을 보낸 결과 순식간에 학년 전체로 퍼진 듯했다.

사진에는 임팩트가 있었다. 나와 쿠로세가 어떤 관계고 얘기가 어떻게 흘러 저런 상황이 된 건지는 몰라도 저 사진을 보면 치정 때문이라고 오해할 만했다.

시라카와는 상처 받았겠지. 그렇게 생각하니 미안했다.

얼른 설명해서 오해를 풀어야 하는데.

하지만 쿠로세가 중1 때 고백한 상대였다는 얘기를 하지 않았던 건 사실이다. 비밀로 할 생각은 없었지만, 그래도 말하지 않았다는 건 변하지 않았다.

맞아……. 얘기해 뒀어야 했는데. 쿠로세가 전학 온 그날 바로.

하지만 우연히 옆자리에 앉게 된 데다 당번이나 뭐니 해서 대화할 기회도 많다 보니…… 시라카와에게 괜한 걱정을 끼치기 싫다고 무의식중에 생각했고, 그래서 말하지 않았던 것이다. 그것이 이런 사태를 불러올 줄이야.

목격한 것이 저 사진뿐이었다면 시라카와는 그래도 내 얘기를 들어줬을지도 모른다. 하지만 내가 쿠로세와의 과거를 숨기는 바람에…… 그밖에도 비밀이 있을지도 모른다고 의심한 것이리라.

쿠로세와 공개된 장소에서 만난 것을 포함해 내 나름대로 시라카와를 생각해서 취했던 행동이 전부 역효과를 내고 말았다.

얼른 말하고 싶었다. 바람 따윈 피우지 않았지만, 쿠로세와 있었던 일을 얘기하지 않아서 미안했다고 사과하고 싶었다.

그렇게 생각했지만 시라카와는 소식이 없었다.

결국 종업식이 끝나고 방과 후가 될 때까지도 시라카와는 돌아오지 않았다.

◇

잿빛 여름방학이 시작되었다.

이튿날 나는 입시학원의 여름 특강에 참가했다. 고3이 되면 다니고 싶다고 생각 중이던 입시학원이라 미리 체험도 해 볼 겸 부모님께 부탁해서 주요과목 2주 코스를 밟게 되었다.

신청은 5월에 해 뒀다. 설마 시라카와와 이렇게 될 줄은…… 애초에 여자애랑 사귀게 될 거라고는 상상조차 못 했던 시기에 정해놓은 일정이라 어쩔 수 없었다.

하지만 기껏 받게 된 수업의 내용은 유감스럽게도 절반도 머리에 들어오지 않았다. 시라카와를 생각하며 일단 판서만 노트에 베껴 나갔다.

어제 시라카와는 교실에 가방을 둔 채 야마나와 함께 어딘가로 사라지고 말았다. 분명 둘이 함께 있었으리라. 얘기를 나누고 싶어서 반 아이들이 모두 교실을 떠난 뒤에도 한참을 기다렸지만 돌아올 기미가 보이지 않아 시라카와가 찾아 두리번거리며 학교를 나섰다.

그 뒤 시라카와의 집 근처에서 그녀가 돌아오기를 기다렸다. 한자리에 계속 있다간 동네 사람들이 수상하게 볼 것 같아서 길을 오가며 집 근처를 어슬렁거리면서 어두워질 때까지 기다렸다. 오후 여덟 시쯤, 말쑥하게 생긴 40대 즈음의 남성이 시라카와의 집에 들어가는 것을 보았다. 아마도 시라카와의 아버지이리라. 눈매가 쿠로세를 닮은 것 같았다. 아홉 시가 되도록 시라카와가 돌아오지 않아서 포기하고 집으로 돌아갔다. 혹시 집으로 돌아왔는데 보지 못했나 의심도 해 봤지만 2층에 있는 시라카와의 방에 난 창문은 끝까지 캄 캄한 상태를 유지하고 있었다.

LINE 쪽은 아무리 메시지를 보내도 전혀 읽음 표시가 달리지 않았다. 전화를 해도 호출음만 울렸다.

야마나에게도 일단 메시지를 보내 봤지만, 마찬가지로 읽음 표시가 달리는 일은 없었다.

이렇게 오랜 시간 연락이 되지 않은 건 사귀기 시작한 뒤로 처음 있는 일이었다. 안부가 걱정될 정도였지만, 야마나가 함께 있으니 신변에 위험은 없을 거라 믿는 수밖에 없었다.

특강은 오전에 3시간, 오후에 3시간을 들었다. 그것이 논스톱으로 2주간 이어진다.

수업이 끝난 뒤 자습실에서 숙제를 하고 학원을 나서자 밖은 이미 어둑해져 있었다. 전철을 타고 귀가하는 도중에 A역에서 하차해 시라카와의 집으로 갔다. 그리고는 시라카와의 방에 불이 꺼져 있는 것을 확인한 뒤 어깨를 떨구며 역으로 돌아갔다.

그런 생활을 나는 그 뒤로 열흘 넘게 매일 이어갔다.

그리고 여름 특강 마지막날 오후.

슬슬 피로도 쌓여서 점심 식사 뒤의 잠기운을 날려 보내려 책상 위에 놓인 커피를 홀짝거리며 판서를 기계적으로 노트에 베끼고 있던 그때였다.

주머니 안의 스마트폰이 진동해서 움찔 놀랐다. 최근 이주일 동안 줄곧 이랬다. 뭐, 거의 대부분은 앱에서 보낸 알림이었지만…….

아직도 알림을 꺼 두지 않은 앱이 있었나 생각하며 스마트폰을 꺼냈다 눈을 크게 떴다.

화면에 표시돼 있었던 것은 잇치가 보낸 LINE 메시지였다.

이지치 유스케

야, 네 여친, 바람을 피우고 있어!

사진을 보냈습니다

"……!!"

대체 무슨 소리지?

잇치가 사진을 보낸 듯해 잠금을 해제하고 LINE을 켰다.

그곳에 찍혀 있는 것은.

틀림없이 시라카와였다.

시라카와는 수영복 차림이었다. 즐겁게 웃으며 옆에 있는 사람의 팔을 잡고 있었다. 그리고 그 사람은…….

싱그러운 밀빛 피부의 미남이었다. 키가 크고 나뭇잎 무늬의 셔츠가 잘 어울리는 성인 남성이 시라카와를 응시하며 사랑스럽다는 듯이 미소 짓고 있었다.

"거짓말……."

무심코 중얼거림이 새어나갔는지 옆자리의 학생이 힐끔 나를 보았다.

유토
이거 언제 찍은 사진이야?

이지치 유스케
지금이야 지금!

유토
여긴 어딘데?

이지치 유스케
치바!
소토보 해변

"치바……?"

왜 그런 곳에?

시라카와는 이 남자와 뭘 하고 있었던 거지?

궁금한 건 산더미처럼 많았지만 혼란스러워 뭐부터 물어봐야 좋을지 알 수 없었다.

시간은 1시 반이었고, 수업은 아직 두 시간이 넘게 남아 있었다. 하지만 지금은 그걸 생각할 정신머리도 없었다.

나는 캔커피를 쭉 들이켠 뒤 교제와 노트를 챙겨 가방에 쑤셔 넣고는 자리에서 일어났다.

교단에 서 있던 강사는 교실을 나가려는 나를 힐끗 쳐다보았을 뿐 별말은 없었다. 수강자가 100명이 넘는 큰 강의실이었기 때문이리라.

입시학원 건물을 나서며 나는 잇치에게 전화를 걸었다.

"여보세요, 잇치?"

"캇시? 학원 수업 중 아니었어?"

"시라카와랑 얘기했어?"

"어, 아니. 우린 아까 발견한 게 다고, 저쪽은 우릴 못 본 눈치였어."

"우리?"

그렇게 묻자 전화기 너머에서 '나도 있어!' 하고 닛시의 목소리가 들려왔다.

"너희 둘은 거기서 뭘 하는 중이었어?"

"척 하면 모르냐. 해수욕이지."

"쇼난*은 좀 무서워서 보소로 왔지!"

"치바라면 우리들도 받아줄 것 같아서!"

---

* 쇼난 : 일본에서 여름철 휴양지로 유명한 지역.

"그래서, 시라카와는?"

지금은 그녀가 신경이 쓰여 견딜 수 없었다.

"아직 있어. 바다의 집에서 미남이랑 시시덕거리고 있네."

"……."

"……설마 캇시 너, 벌써 시라카와랑 헤어진 거야?"

"헐……."

잇치의 살짝 조심스러운 목소리에 가슴이 지끈거렸다.

"……헤어지지 않았어."

적어도 나는 그럴 마음이 없었다.

하지만.

그런 일이 있은 뒤로 벌써 이주일이나 연락이 되지 않았으니……
시라카와는, 어쩌면.

그렇게 생각하자 도저히 가만히 있을 수가 없었다.

"지금 당장 거기로 갈 테니까, 해수욕장 이름을 가르쳐줘."

"엥?! 캇시 진심이야?! 학원은 어쩌고?!"

잇치가 그렇게 말해도 역으로 가는 발걸음은 멈추지 않았다.

◇

와 버렸다.

2시간쯤 걸려서 나는 잇치가 말한 역에 도착했다. 치바는 베이 에
리어밖에 가본 적이 없었기 때문에, 예상보다 시골 동네 같은 분위

기에 놀랐다.

해변으로 향하는데 단체 톡방 쪽에 메시지가 떴다.

팀 KEN키즈(3)

이지시 유스케

미안. 햇빛 때문에 피부가 넘 따가워서 이만 철수한다……

피부까지 아싸였음ㅇㄹ

당신의 니시 나렌

나도……

시라카와가 있는 곳은 'LUNA MARINE'이라는 바다의 집이야

"루나, 마린……?"

왠지 운명적인 것이 느껴져 불길한 예감이 들었다.

역에서 얼마 걷지 않아 두 사람이 말했던 해변이 보이기 시작했다.
벌써 4시가 다 되어가는 시간이라 해변에서 귀환하는 사람들이 눈에
들어왔다. 그 탓에 에노시마에 비해 북적거리는 느낌은 없었다.

모래사장이 넓고 멀리까지 뻗어 있다. 탁 트인 개방감이 느껴지
는 해변이었다. 발목까지 내려오는 바지에 스니커라는 그야말로 도
시에서나 어울릴 법한 복장을 하고 있던 나는 장소를 잘못 찾아온
듯한 기분을 느꼈다. 입시학원 교재가 들어 있는 백팩이 무거웠다.

도로가에 몇 채인가 나란히 서 있는 바다의 집을 보며 신발에 모래가 들어가지 않게 조심히 모래사장을 걸었다.

'LUNA MARINE'은 모래사장 끝 쪽에 위치한 제일 모퉁이에 있는 바다의 집이었다.

바로 다가갈 용기가 나지 않아서 그 옆에 있는 바다의 집 사이에 우두커니 서 있던 그때였다.

뒷문에서 나온 사람의 그림자를 보며 나는 눈을 크게 떴다.

"있지, 잠깐 바다에서 놀고 와도 돼?"

날씬한 팔과 다리에 하나로 묶은 밝은 갈색 머리카락, 글래머러스한 가슴골을 장식한 낯익은 비키니…… 그리고 쾌활한 목소리도…….

틀림없는 시라카와였다.

최근 이주일 동안 계속 만나서 얘기하고 싶었던.

연락이 되지 않아 안부를 걱정하기도 했던.

그런 그녀가 눈앞에 있었다.

"시라카와……."

무심코 다가가려던 그때, 다시 뒷문이 열렸다.

"다녀와~, 시라카와."

나온 것은 잇치에게 받은 사진에 찍혀 있던 미남이었다.

젊은 분위기지만 애티가 전혀 나지 않는 걸 보면 30대쯤이려나.

갈색으로 염색해 기른 앞머리에 펌을 넣은 헤어스타일이 건들건들해 보였다. 키가 큰 데다 옷을 입고 있어도 말랐지만 탄탄한 체격이라는 게 느껴지는 힘줄이 불거진 긴 팔과 다리에 질투가 났다.

하나부터 열까지 나와는 완전 다른 사람이었다.

그런 남자를 보며 시라카와는 눈을 반짝였다.

"있지, 마오도 같이 안 갈래?"

그녀는 그렇게 말하며 남자의 팔을 붙잡았다.

"응? 가자~!"

"안 된다니까. 아직 영업시간이야."

"엥~ 뭐 어때서! 이젠 올 사람도 없잖아?"

남자의 팔을 잡고 애교 섞인 목소리를 내는 시라카와를 보자 마음에 돌처럼 묵직한 것이 층층이 쌓여갔다.

"뭐 어때, 뭐 어때!"

"안 돼. 니콜이랑 놀다 와~."

뭐라고? 내가 경악하는데, 모래사장 쪽에서 새로운 인영이 나타났다.

"그냥 가자, 루나! 마오를 너무 곤란하게 만들지 말고."

웃으며 그렇게 말한 것은 놀랍게도 야마나였다. 검은 튜브탑 비키니가 날씬하고 까무잡잡한 피부에 잘 어울렸다.

"전부터 생각했지만 넌 정말 마오를 좋아하는구나."

야마나가 넌더리를 내며 말해도 시라카와는 기쁘게 웃었다.

"그치만, 가끔밖에 못 만나잖아. 마오는 금세 딴 데로 가 버리니

까."

그렇게 말하며 입술을 삐죽이는 시라카와는 어디를 어떻게 봐도 사랑에 빠진 귀여운 소녀였다.

"딴 데라니, 일하러 가는 거거든."

두 사람에게 '마오'라고 불린 남자는 난처한 기색으로 쓴웃음을 지었다.

제삼자의 눈에는 절로 미소가 지어지는 해변 남녀들의 광경이었지만, 내 눈에는 악몽 속에 있는 것처럼 풍경이 통째로 일그러져 보였다.

방금 보고 알게 된 사실을 종합하면.

훨씬 예전부터 시라카와에게는 진짜로 좋아하는 남자친구가 있었다. 그게 '마오'. 하지만 일 때문에 그를 자주 만날 수가 없어서, 시라카와는 그 말고도 남친을 만들었고…… 나와 사귀게 되었다. 그렇게밖에 해석할 수 없었다.

그리고 야마나도 그 사실을 알고 있었다.

그런데도.

—루나가 불안해질 만한 짓은 절대 하지 않겠다고 나랑 약속해 줄래?

나한테 그런 말을 하다니…….

한패였던 것이다. 전부 다 알고서 날 놀리고 있었다.

너무하잖아…….

역시 나 같은 인싸에게 시라카와와 사귈 자격은 없는 걸까……?

시라카와가 좋아하는 건 성숙한 미남인 건가…….

여태까지는 시라카와의 예전 남친들을 상상할 것 같으면 생각하지 않으려 머리에서 몰아냈다. 하지만 이렇게 잔혹한 광경을 직접 목격한 이상 이제는 현실로 받아들일 수밖에 없었다.

정말로, 주제 넘었던 것이다. 나 같은 녀석이 시라카와 같은 여자애의 진짜 남친이 될 수 있을 줄 알았다니.

하지만 나는 정말로 시라카와를 좋아했다. ……좋아한다, 지금도.

그녀가 눈앞에서 다른 남자와 시시덕거리고 있는 지금 이 순간도.

현실을 받아들이는 게 괴로웠다. 고통스러워 참을 수 없었다.

가차 없이 내리쬐는 한여름의 태양에 머리가 웅웅거리고 위에서 신물이 올라왔다.

─류토의 그런 점이…… 좋아.

그 말도, 그 미소도, 거짓이었던 걸까?

나와 했던 건 전부 놀이였나…….

충격을 받은 나머지 넋이 나가서, 지면으로 곤두박질치는 듯한 착각에 빠졌을 때였다.

"안 된다니까~! 저기 봐, 손님도 왔잖아."

시라카와에게 그렇게 말한 '마오'가 별안간 내 쪽을 보았다.

"어서 오십시오! 지금부터 바다에 가실 건가요?"

"……?!"

스스럼없이 말을 걸어와 나는 그대로 몸을 굳혔다.

동시에 시라카와와 야마나도 내 쪽을 보더니…….

"엥?!"

"허?!"

믿을 수 없는 것을 봤다는 듯이 기함했다.

"류토……?!"

우리들 세 사람의 모습을 보고 당황한 기색이던 '마오'도 이내 상황을 파악한 듯한 표정을 지었다.

"아…… 혹시, 루나가 말했던 남친이야?"

진짜 남친의 여유인 걸까, 미소를 지으며 말하는 남자를 나는 말없이 노려보았다.

"……."

정말로 뻔뻔한 남자다……. 나랑은 다르게 다른 남자의 존재를 알고 있으면서도 태연하게 시라카와와 계속 사귀고 있었다니.

"그랬구나~!"

그는 심지어 생글생글 미소를 지으며 잡담을 건네는 여유로움까지 선보였다.

"전철 타고 온 거야? 멀지? 많이 더웠겠다~."

설마 이 녀석에게 시라카와는 놀이인 걸까?

진짜 남친이면서도 그녀를 그 정도로밖에 생각하지 않는다면…… 용서할 수 없었다.

시라카와는 이런 경박한 남자의 어디가 좋은 거지?

그야 외모로는 더할 나위 없겠지만, 성인이라 경제력과 포용력도 있겠지만.

……나와는 달리…….

틀렸다.

아무리 생각해도 내가 이길 수 있는 요소가 떠오르지 않았다. 눈 앞의 남자를 보면 볼수록 기분이 우울해졌다.

다 틀렸어.

이대로 물러나 세컨드로 만족하는 수밖에 없는 걸까…….

그게 싫다면 시라카와와 헤어지든가…….

나에게 남겨진 선택지는 그 두 개밖에 없었다.

그런 생각을 하며 울고 싶은 기분을 느끼고 있는데.

"처음 만나는 자리니까, 내 소개부터 해야겠지."

남자가 내 쪽으로 다가오더니 주머니에서 카드 케이스 같은 것을 꺼냈다.

"이 명함으로 대신해도 될까? 잘 부탁해~."

그가 건넨 명함을 보며 나는 눈을 크게 떴다.

여행작가
쿠로세 마오

쿠로세?!

놀라서 얼굴을 든 내게 남자는 남자답기 그지없는 미소를 지으며 말했다.

"안녕! 루나의 외삼촌이야! 조카가 신세를 지고 있다며~!"

외삼……?!

외삼촌…….

……그, 그런 것치고는…… 너무 무게가 없지 않나……?

하지만 명함을 봐서는 그것이 사실이리라.

이름과 외모 연령으로 짐작하자면 시라카와의 어머니의 동생이려나.

내 삼촌…… 정월에 취해서 접힌 뱃살을 흔들며 음담패설이나 날려대는 친척들과는 완전 딴판이었다.

"야, 너."

맥이 풀려 넋을 놓고 있는데 야마나가 노기가 깃든 얼굴로 나를 노려보았다.

"누구한테 들었는지 모르겠지만, 대체 무슨 염치로 여기까지 온 거야?"

"그만해, 니콜. 오해일지도 모르잖아."

시라카와가 야마나를 말리며 그녀와 대치했다.

"오해? 무슨 오해? 아무리 생각해도 쟤가 블랙인 게 맞는데."

"다른 사람이었다면 그랬겠지만…… 류토라면, 정말로 오해일지도 몰라."

짓씹듯이 중얼거리며, 시라카와는 나를 봤다가…… 다시 눈을 피했다.

"그 뒤로 많이 고민해서…… 겨우, 그렇게 생각할 수 있게 됐어."

시라카와…….

그런 우리들을 보며 마오 씨가 밝게 입을 열었다.

"자자 진정들 하고, 남친도 더운 날씨에 이렇게 먼 곳까지 오느라 피곤하지? 콜라라도 마시면서 일단 쉬어~!"

"아…… 카시마라고 합니다."

이름을 대는 것도 깜빡하고 있었다는 사실을 깨닫고는 황급히 말한 내게 마오 씨는 사람 좋은 미소로 응수했다.

"오케이! 카시마 류토 군이란 말이지."

그 웃는 얼굴은 확실히 시라카와와 많이 닮아 있었다.

◇

마오 씨가 운영하는 바다의 집에 초대받은 나는 바다 쪽으로 설치된 데크 위에 놓인 테이블 석에서 시라카와와 마주 앉아 침묵하고 있었다. 테이블 위에는 마오 씨가 서비스해 준 콜라 병 두 개가 놓여 있었다.

야마나는 6시부터 알바가 잡혀 있다고 말하며 먼저 돌아갔다.

"……중1 때 차인 상대가 쿠로세였다는 거, 말 안 해서 미안."

내가 말문을 열자 시라카와는 살짝 고개를 끄덕였다.

"시라카와 쿠로세 관계를 몰랐던 것도 있고, 이미 끝난 일인데 괜히 불안하게 만들까 봐 처음엔 굳이 말할 필요성을 못 느꼈지만…… 뒤늦게 쌍둥이란 걸 알았고, 말할 타이밍을 놓쳤어."

시라카와는 다시 고개를 끄덕였다. 그것을 그나마 다행으로 여기며 나는 말을 이었다.

"시라카와 바다에서 돌아온 날…… 쿠로세한테 고백을 받았어."

고개를 숙이고 있던 시라카와가 놀란 기색으로 나를 보았다.

"마리아랑 친했어?"

"아니."

나는 고개를 저었다.

"LINE 계정은 알려 줬지만, 그렇게 자주 얘기하진 않았어. 전에 시라카와의 소문을 퍼뜨린 걸로 얘기를 할 기회가 있었을 때…… 내가 가족처럼 자길 나무라 줘서 좋아하게 됐다나 봐."

제 입으로 이런 말을 한다는 게 낯뜨거워서 간략하게만 상황을 전달했다.

"전화로 거절하려고 했지만 '전화로는 단념하기 힘들 것 같다'고 해서 공원에서 만나기로 했고…… 만났더니 쿠로세가 울음을 터뜨리면서 ……'잠시만 이렇게 있게 해달라'고 했어. 그 사진은 아마 그때 찍힌 걸 거야."

가급적 변명처럼 들리지 않도록 사실만 간추려 말했다.

"하지만 시라카와는 그런 사실을 몰랐으니까 놀라고…… 상처 입었겠지. 정말로 미안해."

시라카와는 바로 고개를 저었다.

"나야말로 미안. ……그건 류토 잘못이 아니었잖아."

그렇게 말하더니 나에게 아주 살짝 미소를 지어 보였다.

"마리아 잘못도 아니고…… 나빴던 건 타이밍이니까."

"그럴지도 모르지만…… 시라카와를 상처 입힌 건 사실이야. 시라카와를 정말로 생각했다면 쿠로세가 뭐라고 하든 만나러 가지 말았어야 했다고, 계속 후회했어."

아침에 일어났을 때, 여름 특강 수업 중에, 귀가하는 전철 안에서, 밤에 잠들 때…… 최근 이주일 동안 몇 번이나 시간을 되돌리고 싶었는지 모른다.

"아냐. 류토는 나쁘지 않아."

시라카와는 온화하게 말했다.

"류토는 다정하니까 그랬겠지. 류토가 나한테 해 준 것처럼 마리아한테도 다정하게 대해 준 거…… 난 기뻐. 마리아의 언니로서."

그리고는 나를 보며 미소 지었다.

"고마워, 류토."

"시라카와……."

마음에 괸 응어리가 씻겨 내려가고 따스한 감정이 차올랐다.

하지만 한편으로는.

"그, 그런데 시라카와는 나한테 화난 거 아니었어? 그래서 LINE도 무시하고……."

"앗, 아냐, 미안!"

시라카와가 퍼뜩 놀란 얼굴로 황급히 말했다.

"그때 복도에서 스마트폰을 떨궈서…… 화면이 산산조각 나는 바람에 아무것도 조작할 수 없게 돼 버렸거든. 수리를 하고 싶어서 AS 센터에 가져갔더니 이렇게 금이 갔으면 아마 안쪽도 고장 났을 거라 본체를 바꾸는 게 나을 거라더라고. 하지만 그러려면 엄청 돈이 들잖아? 이 폰도 아직 산 지 1년 정도밖에 안 됐는데, 그런 건 아빠랑도 의논해야 하고. 그래서 당장 결정하지 못한 채로 여기에 왔더니 이 동네엔 수리점이 아예 없어서, 아무것도 못 하게 돼 버렸어."

"……아……."

스마트폰 문제였구나. 그 패턴은 생각도 해보지 않았다. 그도 그럴 것이…….

"LINE은 컴퓨터로도 가능하지 않았어?"

"엇, 그래? 스마트폰이랑 같은 계정으로 로그인할 수 있어?"

"응, 아마도……."

"그렇구나."

감탄한 기색으로 말하며 시라카와는 바다를 향해 고개를 돌렸다.

태양이 이미 산 쪽으로 기울어진 탓에 희미한 어둠이 내려앉은 바다에는 저녁 분위기가 감돌고 있었다. 나는 멀리서 서퍼들의 실루엣이 파도를 타다 사라지는 것을 곁눈질하며 시라카와의 옆얼굴을 쳐다보았다.

그러자 시라카와는 바다를 보고 있던 시선을 떨궈 제 손을 바라보았다.

"……사실은 있지, 확인하는 게 무서웠어. 그래서, 스마트폰이 고장 나서 한편으로는 다행이라고 생각했어."

시라카와는 그렇게 말하며 내 쪽을 보더니, 다시 눈을 내리깔았다.

"류토를 믿고 싶었지만…… 믿기로 다짐도 했지만, 뭔가 사정이 있었을 거라고, 그게 뭔지 물어보는 게 먼저라고 생각하면서도, 상처 받기 싫다는 마음이 앞섰어. 그도 그럴 게, 이 세상에 절대적인 건 없잖아? 류토는 99% 바람을 피우지 않을 거라 생각하지만, 혹시라도 이번 일이 나머지 1%에 해당된다면…… 심지어 그 상대가 마리아고, 류토의 첫사랑이었다는 걸 알게 됐더니…… 도저히 받아들일 수가 없었어."

가라앉은 표정으로 말한 그녀는 그 대목에서 설핏 미소를 지었다.

"류토와 사귀고 나서 나, 정말 행복했거든. 류토는 성실하고, 전 여친도, 자주 같이 어울리는 여자애들도 없다고 해서……. 그런 건 처음이라…… 진심으로 류토를 믿을 수 있었어."

그렇게 말해 주니 기쁜 반면, 시라카와의 과거 남친들이 생각나 나는 복잡한 심정이 되었다.

"그래서, 배신당할 거란 생각은 해보지도 못해서…… 무장을 해제한 마음이 얼마나 상처를 입을지 생각하니, 확인하는 게 겁이 났어."

나직이 얘기하며 시라카와는 고개를 들었다.

"하지만 역시 그래선 안 된다고 생각했어. 류토가 뭘 했든 나는 류토와 앞으로도 계속 사귀고 싶어. 그러려면 현실을 마주해야 하니까…… 어제 마오한테 부탁해서 옆 동네 수리점에 스마트폰을 고쳐 달라고 부탁한 참이었어."

"그랬구나……."

연락이 되지 않아 전전긍긍했던 이주일 동안, 그녀도 이런저런 고민을 했고 심경의 변화가 있었던 모양이었다. 사과를 바로 받아 준 것도 그 때문이었으리라.

"류토에게 걱정을 끼쳤네, 미안해."

시라카와의 말에 나는 고개를 가로저었다.

"괜찮아. 지금 이렇게 만났으니까."

"어떻게 내가 여기에 있는 줄 알았어? 우리 집 사람들한테 물었어?"

"아니, 친구가 마침 여기 바다에 와 있었는지, 시라카와를 봤다고 알려 줘서."

"헐, 진짜?! 친구라면…… 설마 류토랑 늘 같이 다니는 덩치 큰 애 말하는 거야? 이치지랬던가?"

"아, 응. 이지치."

시라카와, 잇치를 알고 있었구나. 뭐, 알고 있겠지. 내가 '친구'라고 말할 수 있는 건 잇치랑 닛시가 다니까……. 교실에서 잇치와 얘기할 때 시라카와가 오면 잇치가 '그럼 얘기들 해~.' 하고 바로 물러나서 소개한 적은 없지만.

"헐, 설마 지금도 있어?"

"아니, 이미 돌아갔어. 피부가 타서 따갑다고."

"아, 그거 아프지. 나도 엄청 탔어."

그렇게 말하며 시라카와는 수영복 어깨끈에 손을 걸쳤다.

"이것 봐, 이렇게 됐어."

잡아당긴 어깨끈 아래의 피부는 확실히 주위에 비해 살짝 하얬다. 그래도 아직 하얗게 느껴지는 건 원래 피부가 무척 하얗기 때문이리라.

"아니, 그렇게 타진 않았어."

가슴을 두근거리며 눈을 피하자 시라카와는 '엥, 그래?' 하며 어깨끈을 놓았다.

"그럼 다행이고! 난 시로갸루*가 목표라 선크림을 두껍게 바르고 있는데도 매일 바다에 있다 보니 아무래도 타게 되더라고."

"⋯⋯계속 여기에 있었어?"

그러고 보니 시라카와가 어째서 이곳에 있는지 아직 의문이 남아 있었다. 외삼촌인 마오 씨가 바다의 집을 운영하고 있다는 것까지는 파악했지만.

"아— 응, 맞아."

시라카와는 깜빡했다고 말하듯 설명을 시작했다.

"내가 부모님이 이혼한 뒤로 매년 여름방학 때마다 외증조할머니 네 집에 놀러 오고 있거든. 외증조할머니가 이 근처에 살고 있어서. 엄마를 만나는 건 아빠 앞이라서 좀 그렇지만 외증조할머니는 괜찮

---
* 시로가루 : 피부를 태닝하지 않고 하얗게 유지하는 가루.

을 것 같아서. 가끔씩 엄마나 마오도 얼굴을 비춰 줘서 꽤 즐거워."

"그럼, 여름 내내 계속?"

"아니. 원래는 8월 중순에 불꽃놀이랑 축제가 있으니까 그걸 구경할 겸 일주일에서 이주일 정도만 와서 지냈어. 올해는 마오가 여기 해변에서 바다의 집을 할 거라길래, 살짝 거들어 줄까 싶었지만, 한여름엔 아무래도 힘들어서 8월 이후에나 갈까 얘기했었는데……."

시라카와는 그렇게 말하더니 고개를 숙였다.

"……류토랑 일이 생기면서, 어떻게 해야 하나 고민하다가…… 니콜도 알바 때문에 계속 같이 있어 줄 수 없으니까, 에라 모르겠다! 싶어서 종업식날 밤에 교복 차림 그대로 여기에 와 버렸어."

과연. 그래서 그날 아무리 기다려도 시라카와가 집으로 돌아오지 않았던 거였구나.

"그전까지는 학교에 있었어? 종업식 날."

물어보자 시라카와는 '응?' 하고 고개를 들었다.

"응. 화학실에서 니콜한테 위로를 받고 있어. 니콜은 '알바를 쉬고 같이 있을까?' 하고 말해 줬지만 그렇게까지 응석을 부릴 순 없다고 생각했어."

야마나라면 시라카와를 위해 흔쾌히 그래 줄 것 같지만 말이야. 그렇게 생각하는데 시라카와가 단호한 표정으로 나를 보았다.

"니콜은 말이야, 네일리스트가 되는 게 꿈이야."

"네일리스트……? 매니큐어를 바르는 사람 말이야?"

"지금은 젤네일이야. 나랑 니콜도 젤네일 파고. 젤네일이 최고야!"

"그, 그래?"

나는 잘 모르는 분야였지만 시라카와는 즐거운 기색으로 자신의 손톱을 보았다. 수영복과 같은 무늬의 네일은 저번에 봤을 때보다 뿌리 쪽 손톱이 많이 자라 있었다.

"니콜은 고등학교를 졸업하면 네일 학교를 다니면서 자격증을 딸 예정이야. 하지만 니콜네 집은 싱글 맘이라 부모님한테 학비를 부탁할 수 없다고, 고등학교를 다니는 동안 입학비랑 학비를 최대한 벌려고 엄청 알바를 하고 있어."

그랬구나.

인상은 그래도 열심히 살고 있었구나, 야마나……

"류토는 이주일 동안 뭐하고 지냈어?"

"어, 아아, 여름 특강……"

"아~, 한다고 했었지 참."

슬슬 마지막 수업이 끝날 무렵이었다. 야마나 얘기를 들었더니 부모님에게 수업료를 내게 하고도 거의 한 강의를 통째로 째 버린 데 양심의 가책이 들었다.

"다들, 제대로 미래를 생각하고 있구나……"

시라카와는 테이블 위에 올려둔 팔로 턱을 괴며 먼 바다에 시선을 보냈다. 그 옆얼굴에서 왠지 모를 불안감이 느껴졌다.

"시라카와는 졸업하면 어떻게 할 거야?"

지난번엔 유튜버 같은 얘길 했지만 그건 농담일 테니까.

"응? 음……"

턱을 괴었던 팔을 풀며 시라카와가 나를 보았다.

"난 말이지, 지금 좀 빈껍데기 상태야."

"엥?"

무슨 의미인가 싶어 고민하는데 시라카와가 미소를 지었다.

"내 고등학교 시절 목표가 벌써 이뤄져 버렸거든."

"어떤 목표?"

내 질문에 시라카와가 수줍은 듯이 웃어 보였다.

"'계속 함께할 수 있겠다는 생각이 드는 사람이랑 마음이 통하는 거'."

바닷바람이 불어와 시라카와의 긴 머리카락이 부드럽게 휘날렸다. 남빛으로 저물어가는 바다를 배경으로 시린 듯 눈을 가늘게 휘며 미소 짓는 그녀는 평소보다 훨씬 아름다워 보였다.

"……이주일 동안, 힘들었지만."

시라카와는 그렇게 말하며 시선을 내렸다.

"이걸 극복한다면 틀림없이 류토를 더욱더 믿을 수 있고, 더욱더 좋아하게 될 수 있을 거라 생각했어."

입가에 미소를 지으며 시라카와는 내 쪽으로 얼굴을 돌렸다.

"아까 류토의 얘기를 들었을 때…… 나, 처음부터 바로 믿을 수 있었어. 맞아, 그랬겠지 하고. 스스로도 놀랄 만큼 선뜻, 아무런 의심도 들지 않았어. 그건 류토가 정말로 사실만을 말했기 때문이라고 생각해."

그리고는 씁쓰레한 얼굴로 입술을 깨물었다.

"……남친이랑 싸운 적은 여러 번 있었지만…… 그런 생각이 든 건 처음이었어. 그렇게 생각하니까, 두세 달이 아니라, 갑자기 그보다 더 먼 미래가 보이기 시작하는 기분이 들었어……."

시라카와…….

"……계속, 정착할 곳을 찾고 있었어."

시라카와가 불쑥 중얼거렸다.

"지금의 삶도 나쁘지 않지만…… 난 아빠와 엄마와 마리아와 다 같이 사는 게 좋았어. 하지만 아빠와 엄마가 헤어지고 가족이 뿔뿔이 흩어지면서…… 깨달았지. 시라카와 가는 아빠와 엄마가 만든 가족이라서, 두 사람 사이가 틀어지면 망가질 수밖에 없다는 걸. 난 나대로 소중한 사람을 만들어야 한다는 걸. 내 가족을 만들어야 한다는 걸."

"가족……."

불쑥 거창한 단어가 나와서 복창하자 시라카와는 초조한 기색으로 나를 보았다.

"앗, 너무 무겁나? 부담스럽지, 이런 건……."

"아니, 안 그래."

그녀의 반응에 깨달았다. '가족'이란 건 설마 그런 뜻인 걸까?

요컨대…… 시라카와는 나와의 미래까지 염두에 두고 있다는……?

그렇게 생각하니 얼굴이 후끈 달아오르고 마음이 들떴다.

"나, 나도……!"

그만 말투에 힘이 들어가 버린 나를 시라카와가 어리둥절해 하는 얼굴로 쳐다보았다.

"나도…… 시라카와랑…… 계속 함께 있고 싶다고, 고, 생각했어……."

상기된 목소리로 그렇게 말하자 시라카와도 뺨을 붉혔다.

"……류토……."

그리고는 퍼뜩 정신을 차린 듯한 표정을 지었다.

"앗, 당연히 고등학교를 졸업하자마자 류토한테 부양을 받겠다는 뜻은 아니니까?! 취직을 하든 진학을 하든 둘 중 하나는 할 거야."

"으, 응, 알고 있어."

이건 뭐지? 혹시 꿈은 아니겠지?

꿈이라고 생각하는 게 훨씬 현실적이었다.

"하……."

목구멍이 타들어 가는 것 같아 차가운 콜라병을 들어 마셨다.

"열심히 입시공부를 해야겠네……."

옆에 놔둔 백팩을 보며 중얼거렸다.

우리 고등학교에서도 매년 명문대학에 합격하는 학생이 몇 명은 나왔다. 그럭저럭 괜찮은 대학에 수시로 합격할 수 있다면 편하겠다고 생각했지만, 지금부터라도 정시에서 좋은 대학에 지원할 수 있게끔 공부해야겠다.

그 끝에 시라카와의 미래가 있다면 무엇이든 노력할 수 있을 것 같은 기분이 들었다.

"류토는 머리가 좋으니까, 엄청 좋은 대학에 들어갈 것 같아."

시라카와의 그 말에 나는 쩔쩔맸다.

"뭐? 아냐, 지금은 전혀…… 좀 더 공부해야지."

"아~, 그럼 나도 진학할까? 이대로 있다간 점점 차이가 벌어져서 대학에 다니는 똑똑한 여자애들한테 류토를 빼앗길지도 모르니까."

부루퉁한 얼굴을 한 시라카와가 귀여웠다.

"그런 일은 일어나지 않을걸."

"엥, 그럼, 왜 웃는 거야? 류토."

"……시라카와가 질투를 해 준다고 생각하니까…… 기뻐서."

내가 말하자 시라카와는 얼굴을 붉혔다.

"정말~! 난 진로에 대해서 진지하게 고민하고 있었는데!"

"미안, 나도 모르게 그만."

둘이서 마주 웃던 그때였다.

"어~이, 거기 둘 다~!"

주방에서 마오 씨가 말을 걸어왔다.

"이제 문 닫을 거야."

정신이 들자 바다는 완전히 낮 동안의 광채를 잃은 상태였다. 아직 다섯 시라 해가 지려면 멀었지만, 해변에 있는 사람도 얼마 남지 않았다.

"아, 잠깐만 기다려! 나 샤워해야 돼."

시라카와가 황급히 자리에서 일어나려 하자 마오 씨가 '엥?' 하고 소리를 높였다.

"그냥 집에서 갈아입으면 안 돼?"

"그래도, 류토를 역까지 바래다 줘야지……."

"엥, 지금 돌아가려고? 볼일이 없으면 할머니 집에 들렀다 가도 되지 않아?"

"앗, 그거 괜찮다! 있지 류토, 사요 할머니한테 인사 드리러 갈래?"

"어?!"

"안 돼?"

시라카와가 반짝이는 눈동자로 쳐다본 이상 가는 것 외에 선택지는 없었다.

"그럼, 실례가 되지 않는다면……."

"와아!"

오늘은 정말 무슨 날인가. 줄곧 연락이 닿지 않았던 시라카와가 바람을 피우고 있다는 말에 득달같이 달려가서 눈앞에서 미남과 시시덕거리는 모습을 보며 절망했더니, 그 미남은 외삼촌이었다. 다시 만난 시라카와는 나와 먼 미래의 일까지 고민하고 있었고…… 이제는 외증조할머니 댁에까지 초대받았다.

제트코스터처럼 파란만장한 하루다.

나는 비키니를 입은 채 신나서 재잘거리는 시라카와를 보며 그런 생각을 했다.

◇

　그 뒤 나는 시라카와와 함께 마오 씨의 미니버스를 탔다. 산 쪽으로 난 길을 따라 흔들리기를 5분 남짓, 시라카와의 외증조할머니 댁에 도착했다.

　그곳은 완만한 산길 중간에 있는 어딘가 아련한 정취가 느껴지는 단독주택이었다. 기와로 지붕을 얹은 2층 주택으로 잡초가 우거진 정원이 넓었다. 마오 씨의 차를 세우고도 충분히 술래잡기를 할 수 있을 만큼 공간이 남았다.

　"사요 할머니, 다녀왔어~!"

　비키니 위로 큼지막한 티셔츠를 입은 시라카와가 그대로 집 안으로 들어갔다.

　집주인의 허락 없이 들어갈 수는 없는지라 현관에 멀뚱히 서 있자 마오 씨가 '괜찮으니까 들어와.' 하고 어깨동무를 하듯이 등을 떠밀어서 집으로 들어가게 되었다.

　"어머나 세상에."

　그가 이끄는 대로 거실로 보이는 다다미방으로 들어서자 좌식 의자에 앉아 있던 아담한 덩치의 노부인이 놀란 얼굴로 허둥거리고 있었다. 한발 먼저 시라카와에게 얘기를 들었는지 '어머나~' 소리가 끊이지 않았다.

　"처음 뵙겠습니다. 시라카와…… 루나와 교제 중인 카시마 류토라고 합니다."

"어머머~."

아무래도 외증조할머니다 보니 외모 연령도 그에 걸맞게 80에서 90대 정도로 보였다. 깊은 주름이 여러 개 새겨진 화장기 없는 얼굴에 하나로 묶은 회색 머리카락과 소박한 복장으로 허둥거리는 모습을 보자 불쑥 들이닥쳐 미안한 마음이 더 커졌다.

"어머나, 루우가 신세를 지고 있구나……. 딱히 대접할 건 없는데, 차라도 들겠니?"

그렇게 말하며 엉거주춤하게 자리에서 일어선 외증조할머니가 테이블 위의 쟁반으로 손을 뻗었다. 거기에는 다관과 찻잎통, 뚜껑에 구멍이 뚫린 용도를 알 수 없는 통이 놓여 있었다. 나는 퍼뜩 깨달았다. 시라카와가 여관에서 다기를 써서 차를 타 준 건 여기서 사용법을 배웠기 때문이구나.

"아, 괜찮아, 냉장고에서 보리차를 내올 테니까."

시라카와가 사뿐사뿐 이동해 부엌 냉장고 문을 열었다.

"아, 하긴, 젊은 사람들은 차가운 걸 더……"

"그런데 할머니, 또 에어컨 껐어?"

마오 씨가 손으로 목을 부채질하며 테이블 위의 리모컨을 잡았다.

"올해도 얼마나 더운데. 까딱하다간 일사병으로 저세상에 가는 수가 있다―?"

"선풍기가 있는 걸 뭐. 다들 더우면 켜도 돼."

자세히 살펴보니 방구석에 오래된 선풍기가 놓여 있었고, 방 안을 환기시키는 정도의 바람을 보내고 있었다. 테이블 위에는 어딘가의 전화번호가 인쇄된 부채도 놓여 있었는데, 외증조할머니는 그것으로 더위를 달래고 있었던 듯했다.

　마오 씨가 에어컨을 켜자 무더운 실내에 미지근한 바람이 불어 들기 시작했다. 방 안 온도가 조금 내려갈 때쯤, 시라카와가 보리차를 담은 유리잔 네 개가 놓인 쟁반을 들고 왔다.

　"자. 사요 할머니도 좀 마셔. 수분 보충."

　"괜찮아, 계속 차를 마셨으니까."

　그렇게 말하면서도 외증조할머니는 유리잔으로 손을 뻗었다. 증손녀가 모처럼 준비해 준 것이기 때문일까.

　"사요 할머니, 다과 같은 거 없어?"

　"아, 냉장고 옆에 땅콩이 있어."

　"하하, 누가 치바 아니랄까 봐!"

　"그럼 받은 걸 어쩌니."

　"뭐 어때, 난 땅콩 좋아해."

　시라카와가 웃으며 땅콩이 담긴 나무 그릇을 가져왔다.

　"자, 류토, 여기 앉아."

　"아, 네. 그럼 실례하겠습니다……."

　그리하여 나는 시라카와와 외증조할머니와 마오 씨와 함께 넷이서 잠시 동안 환담을 나누었다.

　시라카와의 외증조할머니인 와타나베 사요 씨는 올해 춘추가 90세로 이 지역에 혼자 살고 있었다. 건강한 체질인 데다 딱히 불편한 곳도 없어서 동네 이웃들의 도움을 받아가며 생활하고 있다고 했다.

그래도 매년 여름마다 대서특필되는 고령자의 일사병 사망 뉴스에 걱정이 된 딸들…… 시라카와의 외가 쪽 아주머니들이 상의해서, 올여름에는 마오 씨가 해변에서 바다의 집을 운영하며 이곳에서 지내기로 한 모양이었다.

마오 씨의 본업은 여행 작가로, 평소 때는 세계 각지를 돌아다니며 책을 내고 있다고 했다. 원래는 카메라맨이 되려고 했다며, 그 재주를 살린 천직이라고 말했다. 서른여덟 살 독신으로 정처 없이 떠돌아다닌 지 아주 오래되었지만, 본적만큼은 이 집에 놔두고 있다고 했다.

시라카와가 어렸을 때 마침 도쿄에서 일을 하느라 시라카와의 집에서 지냈던 기간이 있어서 시라카와도 그를 오빠처럼 따르고 있는 듯했다. 그냥 외삼촌 치고는 사이가 지나치게 좋다고 생각했는데 사정을 듣고 나니 납득이 갔다.

"……그래서 아침에 일어났더니 지갑이랑 카메라랑 노트북이 몽땅 도둑맞고 없지 뭐야. 완전 식은땀이 다 났다니까. 여권을 배에 둘둘 동여매고 잔 게 그나마 불행 중 다행이랄까?"

"외국은 역시 무섭다~."

소개가 대충 끝나자 이야기는 마오 씨의 해외 체험담으로 흘러갔다. 여러 번 들었던 얘기인지 시라카와가 능숙하게 맞장구를 치고 있었다.

"아, 있지 마오, 그 얘기도 해줘! 마카오 카지노에서 사기꾼이랑 대결한 얘기!"

시라카와가 신나게 재잘거리자 그게 뭐지, 재밌겠다는 호기심이 마구 솟구쳤지만.

나는 아까부터 거실 상방 위에 놓인 시계에 정신이 팔려 있었다.

"엥? 그 얘기는 하려면 좀 긴데~? 어디 보자, 그게 대략 8년 전……."

"저, 저기, 죄송한데요."

시간이 벌써 6시 반이었다. 부모님은 오늘도 학원에 갔다고 생각하고 있을 테니 집으로 가는 데 걸리는 시간을 감안하면 지금 당장 떠나야 했다.

"제가, 슬슬 돌아가야 해서……."

그러자 시라카와가 '아—' 하며 시계를 보았다.

"하긴, 벌써 시간이 이렇게 됐네……."

그렇게 말하며 노골적으로 시무룩한 표정을 지었고, 나도 아쉬움을 느꼈다.

"……집에 갈 거면, 역까지 바래다주고?"

그런 우리들의 기색을 살피며 마오 씨가 다소 조심스럽게 말을 걸었다.

"아, 네. ……감사합니다."

시라카와의 눈치를 보며 자리에서 일어서려던 그때였다.

"기왕 왔는데 자고 가지 그러니?"

외증조할머니 사요 씨가 그런 우리들을 보며 입을 열었다.

"지금부터 출발하면 도쿄에는 아주 늦게나 도착할 텐데. 오늘 밤은 여기서 자고, 내일 해가 떴을 때 가면 어떠니?"

"엇……."

그런 생각은 해 보지도 않았기에 당황하는 나와 달리 시라카와는 얼굴을 빛냈다.

"앗, 그거 좋다! 그러자, 응?"

"할머니네 집엔 방은 많으니까~. 뭐하면 루나가 돌아가는 날까지 지내도 되고?"

장난 섞인 마오 씨의 말에 시라카와는 더 환한 표정을 지었다.

"아, 그거 더 좋다! 맞아, 류토도 여름 축제에 가자! 불꽃놀이도 구경하고!"

"에엥?!"

하룻밤까지는 그렇다 쳐도 처음 만난 사람 집에서 연박을 하라고?!

"여, 여름 축제가, 언제 열리는데?"

"8월 백중절 때…… 음, 언제더라?"

"약 이주일 뒤지~."

마오 씨의 말에 나는 더욱더 당황했다.

"이주일?!"

친할머니 집이라도 부담스러울 기간이었다. 게다가.

"아니, 그래도 그렇게 신세를 질 수는…… 식비 같은 것도 죄송스럽고."

"할머니의 인덕 덕택에 식비는 거의 공짜라서~."

반쯤 놀리듯이 마오 씨가 내뱉은 말을 사요 씨는 손을 내저으며 부정했다.

"시골 동네라 그래. 다들 자기네 집에서 쓰고도 남아서 주는 것뿐이야."

그러고 보니 현관에 순무가 잔뜩 든 종이 상자가 놓여 있었던 것이 떠올랐다.

"물론 억지로 자고 가란 말은 아니란다. 너도 사정이 있을 테니까. 그래도 그러면 루우도 기뻐할 거야. 니코도 자주 못 오는 듯하니까."

니코면…… 야마나를 말하는 거겠지. 사요 씨, 야마나와도 만난 적이 있으셨구나.

"어…… 음……."

"안 돼?"

시라카와가 눈을 글썽이며 나를 보고 있다.

시라카와와 이주일, 한 지붕 밑에서 지낼 수 있다면…….

그야, 나도.

좋지…….

"……잠깐 부모님께 연락해 볼게요."

"와아!"

내가 스마트폰을 꺼내며 말하자 시라카와는 벌써 결정된 것처럼 기뻐했다.

정말로 오늘은 무슨 날인가 보다.

그리하여 나는 시라카와의 외증조할머니 댁에서 약 이주일 동안 신세를 지게 되었던 것이었다.

제4.5장
쿠로세 마리아의 비밀일기

차였구나, 마리아.

초등학교 때부터 온갖 남자애들에게 고백을 받아 왔다. 나만 그럴 맘을 먹으면 얼마든지 남자친구를 사귈 수 있을 터였다.

루나는 바보니까, 금세 홀랑 넘어가 사귀었다 어긋나 헤어지고, 그 결과 멋지게 '남자를 밝힌다'는 낙인이 찍혔지만.

나는 그런 실패 따윈 하지 않는다.

나는 여자로서의 내 가치를 알고 있다. 나는 쉽게 팔아치울 만한 여자가 아니다. 내 처음은 나에게 걸맞은 완벽한 남자에게 주어야 했다. 그렇게 믿고서 여태껏 정조를 지켜 왔다.

하지만…….

처음으로 진심으로 남자를 좋아하게 돼 보니, 그런 건 아무래도 상관없어졌다.

카시마는 전혀 완벽한 남자가 아니다.

그래도 그에게 모든 것을 줄 생각이었다. 그러고 싶었다.

그것만이 내가 한번에 상황을 역전시킬 수 있는 마지막 기회이자 도박이었는데.

나는 모조리 거부당하고 말았다.

안을 가치조차 없는 여자라고.

……처음에는 그런 생각에 낙담하기도 했었지만.

그 뒤로 조금 시간이 흘러서 돌이켜 보니 그런 뜻이 아니었을지도 모르겠다는 생각이 들었다.

적어도 카시마는 나를 본인의 욕망을 위해 이용하지 않았다.

카시마가 '나'와 하고 싶어 했다는 건 그날 밤 그를 보면 알 수 있었다. 땀이 배어 나온 피부와 흐트러진 숨결, 열기를 띤 그곳이…… 지금도 생생하게 떠올랐다.

내가 루나가 아니라는 사실을 알게 된 뒤에도 그는 순간 망설였다. 즉, 그의 마음속에는 나와 끝까지 간다는 선택지도 있었던 것이다. 그 말은 내가 '영 가망 없는' 여자는 아니라는 뜻이겠지?

만약 카시마에게 내가 '안을 수 있는 여자'였다면. 여차하면 끝까지 가고서 그 뒤에도 질릴 때까지 관계를 이어갈 수도 있었다고 생각한다. 카시마와 같은 입장이었다면 그런 선택을 할 남자도 아마 한둘이 아닐 터다.

하지만 그는 그렇게 하지 않았다.

그렇게 루나를 사랑하는 걸까?

그렇게 생각하면 분하지만.

그때 해 주었던 말이 내게는 구원이 되었다.

'쿠로세한테도 못할 짓이잖아'란 말이.

카시마는 날 위해서 참아 준 것이다. 그렇게 생각해도 되겠지?

어느 쪽이든 나는 상처 받았다. 질릴 때까지 안겼다 버림받는 것과 비교해서 어느 게 더 나았을지. 지금의 나로서는 알 수 없었다.

그래도…… 지금은 괴로워서, 그럴 생각이 전혀 들지 않지만.

또 언젠가, 카시마와 비슷할 만큼 좋아하는 남자애를 만나게 된다면.

그리고 이번에는 그 사람에게서도 사랑을 돌려받을 수 있다면.

그때 나는 어쩌면, 카시마의 결단을 감사하게 될지도 모른다.

진심으로 사랑하는 사람에게 처음으로 내 모든 걸 줄 수 있게 될 테니까.

멋진 사람을 좋아했구나, 마리아.

멋진 첫사랑이었어.

그렇게 스스로에게 말해 줄 수 있게 될지도 모르지.

하지만 지금은 아직, 나는 너무나도 고통스럽다.

제 5 장

다음날 아침.

"류토, 아침이야~!"

멀리서 시라카와의 목소리가 들렸다.

문을 열고 방으로 들어오는 사뿐한 발걸음. 촥, 촤악 하고 커튼을 걷는 소리.

꿈인가.

오늘 꿈은 제법 괜찮은 꿈인가 본데.

이렇게……한 지붕 밑에서 시라카와와 지내는 꿈이라니.

……응?

한 지붕 밑?!

"류토! 언제까지 자고 있을 거야~?"

"우와악?!"

이불에서 벌떡 몸을 일으키자 눈앞에 시라카와의 얼굴이 한가득 들어왔다.

"……!"

키스도 가능할 것처럼 가까운 거리에 잠에서 갓 깨어난 심장이 멈출 뻔했다.

눈이 커……. 귀엽다…….

막 잠을 깬 상태라 그런지 뇌내 어휘력 저하도 심각했다.

보아하니 시라카와는 나를 깨우려고 무릎을 꿇고 들여다본 참이었던 듯했다.

"류…….'

시라카와가 뺨을 붉히더니 황급히 고개를 돌렸다.

"류토, 아침이야……?"

여전히 동요한 기색으로 나를 힐끔거리며 그렇게 말했다.

"으, 응, 미안…….'

베갯머리의 스마트폰을 보자 시간은 7시였다. 스케줄이 없는 여름방학이라면 다시 잠을 자려고 누울 시간이었지만, 오늘은 달랐다.

오늘부터 시라카와와 마오 씨의 가게에서 일을 거들기로 했다. 신세를 지게 된 만큼 조금이라도 도움이 될 수 있으면 좋겠다는 마음으로 지원했다. 오픈 시간인 9시 전에 도착하도록 마오 씨의 차를 타고 셋이서 출발할 예정이었다.

시라카와는 티셔츠에 쇼트 팬츠라는 평소보다 편한 복장이었다. 꼼꼼히 살펴보자 티셔츠 옷깃 사이로 수영복 끈이 보이는 것이 아래에 수영복을 받쳐 입은 모양이었다.

"얼른 아래로 내려가자! 벌써 아침 밥 다 됐어."

그렇게 말하는 시라카와를 따라 아래층으로 내려갔다.

1층으로 내려가자 거실 겸 식사공간의 테이블에 이미 아침 식사가 차려져 있었다.

"앗, 죄송합니다……."

미안함에 부엌으로 가자 마오 씨가 사람들의 밥공기에 밥을 담고 있었다.

"좋은 아침~! 잘 잤어?"

"앗, 네……."

어제는 그 뒤에 '기왕 온 손님이니까' 하며 사요 씨가 아는 사람의 가게에서 초밥을 배달 주문해 주었다. 신선한 재료로 쥐어진 맛있는 초밥을 먹으며 진행된 환영회는 밤늦게까지 이어져서, 2층 빈방으로 안내받아 이불을 깔고 누운 것이 밤 11시경이었다. 너무 많은 일들이 벌어져서 하루를 돌이켜보느라 좀처럼 잠을 이루지 못했더니 알람 소리에도 깨지 못한 채 이 시간까지 잠을 자고 말았다.

"잘 잤니, 류우."

욕실 쪽에서 사요 씨도 등장했다. 빨래를 하고 있었던 모양이었다.

"안녕히 주무셨어요? 식사 준비를 거들지 못해서 죄송합니다……."

"됐어. 미리 만들어둔 것들뿐인데 뭐. 된장국은 류우가 만들었단다."

뒤쪽에 있던 시라카와를 돌아보자 그녀는 '에헤헤' 하고 웃었다.

"그렇답니다!"

"루우도 평소엔 잠꾸러기인데, 오늘은 류우가 있어서 그런지 자기도 뭔가 하겠다고 나서지 뭐니."

"앗, 사요 할머니!"

시라카와가 빨개져서 소리를 질렀다.

시라카와, 날 위해서 된장국을 만들어 줬구나…….

그렇게 생각하자 저절로 입꼬리가 올라갔다.

"사요 할머니가 아직 정정하고 요리도 잘하니까 어렸을 땐 접시만 나르면서 요령을 부렸지만, 이젠 구십이 다 되셨으니까. 할 수 있는 일은 하고 싶었어."

변명처럼 말하며 시라카와는 붉어진 뺨을 손으로 부채질했다.

둘만 있을 때는 호의를 솔직하게 드러내는 그녀도 육친들이 정곡을 찌르자 창피함을 느꼈던 모양이다.

그리하여 우리 네 사람은 정방형 테이블을 둘러싸고 아침식사를 했다.

반찬은 사요 씨가 직접 만든 누가즈케*와 말린 생선, 낫토 같은 수수한 것들이었지만, 집에서 빵이나 시리얼로 끼니를 때우던 나에게는 신선했다.

시라카와가 만들어 준 것은 순무와 미역이 들어간 된장국이었다. 순무의 두께가 일정하지 않아서 좀 두꺼운 건 힘을 줘서 씹을 필요가 있었지만, 그것도 어쩐지 사랑스러웠다.

"……어때?"

된장국을 마시고 있으려니 옆자리에서 시라카와가 물었다. 그 얼굴에 살짝 걱정이 어려 있었다.

"응, 맛있어."

---

* 누가즈케 : 쌀겨에 소금을 넣어 삭힌 장에 채소를 넣어 절인 것.

내가 대답하자 시라카와가 미소 지었다.

"다행이다아."

안도한 듯한 그 미소는 아침 햇살처럼 눈부셨다.

◇

해변에는 오늘도 한여름의 태양빛이 내리쬐고 있었다.

"사물함을 빌리고 싶은데요."

"네! 온수 샤워기를 이용하실 수 있고 1인당 천 엔입니다."

벌써 이주일째 일을 거들고 있어서인지 시라카와는 바다의 집 'LUNA MARINE'에 온 손님들을 노련한 솜씨로 응대해 나갔다. 그런 그녀를 곁눈질하며 나는 테이블을 닦거나 소독저 위치를 바꾸는 등 설렁거리며 일하고 있었다.

오전 중에는 옷을 갈아입으러 오는 손님들이 많았지만, 정오가 되자 먹을 것을 사러 온 손님들이 늘어나면서 가게 안 좌석도 조금씩 채워져 갔다.

그것이 일단락된 2시쯤, 마오 씨가 우리들에게 말을 걸었다.

"잠시 재료 보충 겸 할머니 상태를 보고 올 건데, 가게 부탁해도 돼~?"

"응, 괜찮아! 다녀와~."

"둘이 적당히 쉬고 있어~. 배고프면 먹고 싶은 메뉴로 먹고."

"알았어!"

시라카와가 대답하고, 나도 가볍게 목례를 하며 배웅했다.

"류토, 먼저 점심 식사해도 돼. 난 아까 뒤에서 아이스크림을 먹었거든."

"괜찮겠어? 고마워."

시라카와가 배려해 준 덕에 좌식 테이블 구석에서 혼자 타코야키를 먹기 시작했다.

그때였다.

"아, 루나~."

"오늘도 있었네."

까불거리는 남자들의 목소리에 움찔거리며 가게 입구 쪽을 바라보았다.

토스트였다면 적당히 구워진 걸 넘어 지나치게 탄 영역에 속할 정도로 까무잡잡한 피부에 수영복 바지를 허리께까지 내려 입은 젊은 남자 2인조가 시라카와에게 야릇한 미소를 지으며 들어왔다.

"어서 오십…… 시오."

기분 탓인지 시라카와의 미소도 경직된 기색이었다.

"루나, 오늘은 혼자야?"

"오늘도 완전 귀엽다. 어디 살아? 이 동네?"

남자들의 질문 공세를 시라카와는 '아하하~' 하고 웃는 얼굴로 받아넘기려 했다. 힐끗 나를 보는 시선에서 SOS가 느껴졌다.

나도 시라카와를 돕고 싶다. 하지만…….

무서워! 나이도 나보다 많아 보이고, 대놓고 인싸라고 할까, 딱 봐도 외향적인 계열이잖아. 나랑은 완전 상극인 인종이라고.

내가 망설이는 사이에도 두 사람은 시라카와에게 집요하게 말을 걸고 있었다.

"대답해 줘, 나랑 이 녀석 중에 누구랑 할래?"

"어……."

"한 번만! 딱 한 번만 해도 되니까!"

술이라도 마신 건지 두 사람은 분위기 파악도 못 하고 흥분해 놀려댔다.

"참고로 말하자면 이 녀석은 엄청 빨리 끝나."

"아니, 그래도 난 완전 크거든."

"……."

이건 심했다. 노골적인 성희롱이다.

시라카와도 난감한 표정을 짓고 있었다. 그것을 본 순간, 내 안에서 뭔가가 터졌다.

"저기요!"

좌식 테이블에서 일어나자 남자들은 움찔거리며 내 쪽을 보았다. 아무래도 내 존재를 알아채지 못하고 있었던 눈치였다.

"사…… 사물함을 대여하실 건가요? 아니면 식사를 하실 건가요?"

내 나름대로 '볼일 없으면 나가라'고 말한 셈이었다.

그러자 남자들은 멋쩍음을 감추듯 히죽거리더니 얼굴을 마주 보았다.

"아……."

"알바생이야? 손님이 아니었구나."

"또 올게, 루나."

그렇게 말하고는 발길을 돌려 가게를 나가나 싶었는데.

"……여담으로."

한 사람이 다시 시라카와에게 말을 걸었다.

"여담으로 하는 얘긴데, 저 알바생이랑 나랑 이 녀석 중에서 한 번 한다면 누구랑 할 거야?"

뭐?

거기에 왜 날 끼워 넣는 거야…….

괴롭히려는 건지 놀리는 건지 남자들은 히죽거리며 나를 보고 있었다.

이런 깐죽거리는 녀석들은 그냥 무시하는 게 낫다. 그렇게 생각하며 입술을 꾹 다물었을 때였다.

"저 사람이요."

시라카와가 단호하게 대답했다.

"제 남친이거든요."

눈썹을 들고 눈꼬리를 치켜세우며 남자들을 노려보았다.

시라카와가 진심으로 화난 얼굴은 처음 보았다.

"엥?"

"진짜야?"

남자들은 얼빠진 표정을 지었다.

"의외네에……."

"뭐야, 저런 게 취향이야?"

그리고는 흥이 깨진 얼굴을 하더니 이번에야말로 가게를 떠났다.

"아~, 심심해~."

"어디 귀여운 애 없나?"

차인 게 쑥스러웠던지 일부러인 듯 큰소리로 대화를 주고받으며 남자들은 모습을 감췄다.

"……시라카와, 괜찮아?"

바로 시라카와의 기색을 살폈다.

"미안, 이상한 소리를 듣기 전에 도와주지 못해서……."

"아냐."

시라카와는 고개를 저었다.

"나야말로 류토까지 말려들게 해서 미안해. 지난주부터 자주 오던 손님이야. 이 근처 대학생인가 봐."

"계속 저렇게 놀렸어?"

"아니, 처음이야. 아마 마오가 없어서 그랬던 것 같아."

과연. 확실히 마오 씨처럼 성숙한 미남이 감시하고 있었다면 저렇게 대놓고 희롱하진 못했을 것이다. 내가 만만해서 얕보았다고 생각하니 분했지만, 그래도 시라카와가 방금 한 말을 떠올리자 뺨이 풀어졌다.

―저 사람이요. 제 남친이거든요.

인싸들 앞에서도 당당하게 말해 주었다. 그 사실이 기뻤다.

내가 남자친구라도 괜찮은 걸까?

조금씩…… 조금씩이지만, 그런 생각을 할 수 있게 되었다.

"……그런데 있지, 생각을 해봤는데."

불현듯 시라카와가 복잡한 얼굴로 말문을 열었다.

"나한테 말을 거는 사람들은 꼭 저런 느낌의 남자들이더라. 대체 이유가 뭘까?"

자문하는 듯한 말투로 팔짱을 끼며 말했다.

"예전 남친들도 대체로 그랬고, 마오도 굳이 말하자면 저쪽 계열이잖아? 그동안은 딱히 별생각이 없었는데……. 요즘은 류토 하고만 얘기해서 그런가, 엄청 위화감이 들어."

그렇게 말하는 그녀를 나는 물끄러미 바라보았다.

"시라카와는 저런 타입을 좋아하는 거 아녔어?"

뭐, 방금 그 남자들은 너무 과했지만, 저 정도로 활발한 인싸 미남이 아니면 시라카와 같은 갸루 타입 미소녀의 옆자리가 어울리지 않는다는 생각은 지금도 갖고 있었다.

"어? 전혀."

시라카와는 선뜻 대답했다.

"솔직히 별로 내 취향은 아냐. TV를 보면서 멋지다고 생각하는 연예인은 있지만, 연애란 건 커뮤니케이션이잖아? 일단 날 좋아해 주지 않으면 시작 못 하지."

"그렇구나……."

같은 여자애라도 연애 패턴은 다양하다는 생각이 들었다. 시라카와처럼 고백해 준 사람과 일단 사귀면서 상대를 알아가며 점점 호감을 키우고 싶은 사람이 있는가 하면, 쿠로세처럼 먼저 속으로 감정을 키워가는 사람도 있는 것처럼.

"그건 좋아하게 된 사람이 취향…… 인 거랑은 좀 다른 거야?"

내가 질문하자 시라카와는 복잡한 얼굴로 천장을 보았다.

"으으음……."

그리고는 한참을 고민하더니 살짝 수줍은 기색으로 말했다.

"……그럴지도. 나, 류토 같은 사람이 취향일지도 모르겠어……."

작게 중얼거리더니 나를 쳐다보았다.

"취향이랄까, 류토를 좋아해."

뺨을 붉히며 미소 지은 시라카와가 귀여워서.

"웃……."

나는 저도 모르게 심장을 부여잡을 만큼 가슴을 두근거리고 말았다.

그런 내 얼굴을 시라카와가 물끄러미 쳐다보았다.

"류토는?"

"응?"

"……사실은 마리아 같은 여자애가 취향인 거 아냐?"

마침 방금 쿠로세 생각을 하던 참이었기에 가슴을 철렁거리고 말았다.

쿠로세를 떠올리자 가슴이 아팠다. 하지만 눈앞에 있는 시라카와를 보니 역시 이런 그녀를 배신할 수는 없다는 생각이 다시금 들었다.

"응? 어떤데?"

시라카와는 입술을 살짝 내민 채 눈썹을 늘어뜨리고는 불안한 기색으로 고개를 갸웃거리며 내 쪽을 보고 있었다. 그런 그녀를 보자 가슴 속에서 사랑스러움이 넘쳐 나왔다.

아무리 나라도 확신할 수 있었다. 이건…… 질투를 하고 있는 거다.

귀여워…….

"으으음……."

"……?!"

내가 신음하자 시라카와가 조바심을 내기 시작했다.

귀여워. 너무 귀여워서 죽을 것 같아…….

"취향 얘기라면, 확실히 갸루보다는 청초한 쪽을 더 좋아하지만……."

내 말에 시라카와가 시무룩해졌다.

귀여워.

좀 더 난처하게 만들어서 이 모습을 더 보고 싶다는 기분도 솟았지만, 자꾸 그렇게 골리는 건 불쌍하니까.

"시라카와…… 루나가, 내 취향이라고 생각해."

내가 그렇게 말하자 시라카와의 뺨에 확 붉은 기가 돌았다.

"왜 갑자기 풀네임으로 말해?!"

시라카와가 금세 얼굴 전체를 새빨갛게 물들이며 입을 열었다.

"그, 글쎄? 그 편이 좀 더 진심이 전달될 것 같아서……."

시라카와가 엄청 동요하는 바람에 나도 낯부끄러운 말을 해 버린 것 같아 당황했다.

"류토는 말이야, 약았어. 전혀 경박하지 않으면서 그런 소릴 진지하게 하잖아."

아직도 붉은 기가 남은 뺨으로 시라카와가 중얼거렸다.

"게다가 결국 하는 말은 나랑 마찬가지잖아."

"……그러게."

"뭐, 상관은 없지만."

시라카와는 그렇게 말하며 나에게 설핏 미소를 지었다.

"우리 둘 다 서로가 취향이란 뜻이지?"

"그런…… 뜻, 이겠지."

그게 정말이라면 더할 나위 없는 기쁨이었다.

눈이 마주치자 쑥스러워서, 고개를 숙이며 후후 웃고 말았다. 힐끔 엿보자 그녀도 마찬가지인 듯했다.

부끄럽지만 행복한 시간이다.

"죄송한데요, 음료수 하나 주세요."

그때 입구 쪽에서 누가 불렀다. 소리가 난 곳을 살펴보자 페트병을 얼음물에 담가 놓은 가게 앞 아이스박스 앞에 손님이 서 있었다.

"아……."

"네!"

내가 움직이는 것보다 먼저 시라카와가 입구로 달려갔다.

"타코야키 다 식겠다. 얼른 먹어."

뒤돌아보며 윙크하는 그녀가 눈이 부셔서…… 이번 여름이 영원히 계속돼도 상관없을 것 같다는 생각이 들었다.

◇

마오 씨가 돌아온 뒤 우리는 휴식 시간을 얻어 바다에서 놀았다. 시라카와는 역시나 어린애처럼 들떴고, 보고 있는 나도 즐거워졌다.

영업시간이 끝나 집으로 돌아가려고 차를 타고 있었을 때였다.

"앗, 마오."

뒷좌석에서 옆에 앉아 있던 시라카와가 갑자기 생각이 난 듯이 말문을 열었다.

"부탁한 거, 사 뒀어?"

"아— 웅, 소고기는 깍둑썰기 한 건데 괜찮아?"

"웅? 깍둑?"

"뭐에 쓸 건데?"

운전석에서 백미러 너머로 건네온 질문에 시라카와는 내 얼굴을 힐끔거리다 눈을 피했다.

"그게, 음…….."

"뭐, 고기 말이나 주먹밥 같은 것만 아니면 대부분의 요리에 쓸 수 있지 않을까?"

그 말을 들은 시라카와가 안도한 표정을 지었다.

"다행이다, 고마워!"

"……?"

뭐지. 시라카와, 요리를 하려고 그러나?

집에 도착해서 바로 샤워를 하고 옷을 갈아입은 시라카와는 부랴부랴 부엌에서 뭔가를 준비하기 시작했다.

"어머, 루우. 거기서 뭐해?"

사요 씨가 말을 걸자 시라카와는 의욕에 찬 미소로 대답했다.

"오늘은 내가 밥을 만들어 줄게!"

"어머나."

사요 씨는 웃으며 내게 눈짓했다.

"고마워. 기대되는구나."

"나, 나도 도울게."

혼자만 덩그러니 앉아 있기 그래서 같이 부엌에 서려고 하는데 시라카와가 나를 손으로 제지했다.

"괜찮으니까! 류토는 앉아서 게임이라도 하고 있어."

"엇…… 으, 응…….."

저렇게 강경하게 말하니 안 가는 편이 나은 건가 하는 생각이 들지 않을 수 없었다.

그래서 거실 구석에서 스마트폰을 만지작거리며 시라카와를 기다리는데.

"어라? 저기, 사요 할머니~?"

"응~?"

시라카와의 부름에 테이블에서 차를 마시며 TV를 보던 사요 씨가 일어나 부엌으로 향했다.

"감자는 어디 갔어?"

"감자? 지금은 다 떨어지지 않았을까?"

"엥, 얼마 전엔 있었잖아."

"그저께 크로켓으로 만들었잖니."

"……아~!"

시라카와가 낭패한 목소리로 외쳤다.

"더 없어? 안 받았어?"

"감자는 안 받아. 이 동네에 경작하는 사람이 없으니까."

"허얼……."

"꼭 감자여야 하니? 고구마는?"

"안 돼……."

"뭘 만드는데?"

"……기……."

"응?"

"……조림."

"응? 고기 감자조림?"

"다 말하면 어떡해!"

시라카와의 고함 소리가 들려와 나는 저도 모르게 일어나 부엌을 들여다보았다.

"……아."

나와 눈이 마주친 시라카와가 울 것 같은 표정을 지었다.

"……기껏 깜짝 이벤트를 하려고 했는데……."

"깜짝 이벤트? 류우한테 비밀로 하는 중이었어? 미안하구나, 루우."

사요 씨도 그 모습을 보며 당황한 눈치였다.

"그래도 엎어지면 코 닿을 데서 만드는데 '깜짝 이벤트'라니, 그치?"

동의를 구하는 말에 난처하게 웃는 수밖에 없었다.

"시라카와…… 날 위해서 고기 감자조림을 만들려고 한 거야? 고마워."

"……그치만, 감자가 없었어……."

시라카와는 침울해했다.

"사 올까?"

내가 나서자 시라카와가 번쩍 고개를 들었다.

"내가 갈래."

그런 우리들을 보며 사요 씨가 미소 지었다.

"그럼 둘이서 다녀오지 그러니? 바로 근처에 있는 '이시다야'라면 걸어서도 갈 수 있으니까."

◇

그리하여 나는 시라카와와 감자를 사러 나가게 되었다.

사요 씨네 집 앞의 비탈진 국도를 8분 정도 올라가듯 걸어가면 작은 소매점 '이시다야'가 나온다고 했다.

8월 초순의 저녁 6시경은 아직 환했다. 기온도 좀처럼 내려가지 않아 완만한 언덕을 걸어 올라가는데도 옷에 땀이 배는 것을 느꼈다.

"……류토, 고기 감자조림 좋아해?"

옆에서 걷고 있던 시라카와가 나를 살피듯 올려다보며 불쑥 물었다.

"어? ……응, 좋아해."

외식을 할 때 먼저 선택하는 경우는 없지만, 저녁밥 반찬으로 나오면 조금 반가운 느낌의 '좋아해'다.

내 대답에 시라카와는 미소를 지었다.

"다행이다! 너무 뻔한가 했는데, '여친이 만들어 주길 바라는 요리' 하면 역시 이거잖아? 류토가 기뻐해 주면 좋겠다 싶어서 어제 자기 전에 레시피를 엄청 검색해 봤어."

설핏 뺨을 붉히며 그렇게 말한다.

"깜짝 선물은 실패했지만."

쓴웃음을 짓는 그녀에게 나는 웃어 주었다.

"깜짝 선물이 아니라도 기뻐."

안심시키듯 그렇게 말했다.

"시라카와가…… 날 위해서 하려고 해 준 것들은…… 전부 다, 기뻐."

"류토…….'

시라카와는 나를 바라보며 눈을 글썽였다. 그리고는 멋쩍음을 감추듯 미소 지었다.

"그야 당연한걸? 류토를 위해서 뭐라도 하는 건. 여친이니까."

"그래도 나한테는 당연한 게 아니니까…… 당연하다고 생각하고 싶지도 않고."

여자친구가 있는 삶은 인생에서 처음이니까.

게다가 시라카와라는 멋진 여자애가 여친이 되기까지 했는데.

그걸 당연하다고 여겼다간, 틀림없이 벌을 받을 것이었다.

혹시라도 앞으로 1년, 5년, 10년이 지나도록 시라카와와 계속 이 관계를 유지하고…… 언젠가는 함께 있는 것이 당연해진다 해도.

"시라카와가 날 위해 해 주는 것들은…… 그, 나한테는, 언제나 특별한 일이고……."

민망함에 횡설수설하는 모습이 꼴사납지만, 제대로 말해야 했다.

"이 마음은…… 앞으로도, 계속 그대로 유지하고 싶어."

시라카와는 그 말에 기쁘게 미소 지었다.

"……그렇구나. 나도, 그런 류토라서 자꾸 뭐라도 해 주고 싶어지는 건가 봐."

그렇게 중얼거리며 시선을 아래로 떨군다.

"있지, 손 잡아도 돼?"

"어?"

"더워서 싫어?"

흘끔 올려다보는 시선에 나는 고개를 가로저었다.

"아니."

시라카와 쪽 손을 황급히 바지에 문질러 땀을 닦았다.

"자……."

내민 손에 시라카와의 하얗고 매끄러운 손이 포개졌고…… 그 가느다란 손가락이 내 손가락에 감겨들었다.

"……!"

이, 이건, 설마…… 커플들만 한다는 손깍지인가……?!

공원 데이트 때는 평범하게 손만 잡았기에, 이 허를 찌르는 스킨십에 가슴이 두근거리고 체온이 급상승했다.

"헤헤."

시라카와는 수줍은 듯이 웃으며 내 어깨에 콩 하고 한 차례 머리를 찧었다.

"역시 덥다~."

"……여, 여름이니까."

"……손 풀까?"

"아, 아니! 괜찮아."

그리하여 우리들은 가게에 도착할 때까지 찰싹 손을 잡고 여름 산길을 올라갔다.

사요 씨가 가르쳐 준 '이시다야'는 편의점과 슈퍼의 중간(넓이는 편의점 정도)쯤 되는 크기의 작은 가게였다. 취급하는 물품은 주로 음료수나 과자 같은 가공식품이었으나, 구색을 갖추듯 채소나 고기를 포장해 진열해 놓은 코너도 있긴 했다.

"아, 감자도 있다!"

채소 코너를 발견한 시라카와가 달려가 필요한 개수만큼 집어 장

바구니에 넣었다.

그리고는 주인 아저씨가 무료하게 앉아 있는 계산대로 향하다 음료수 코너에 시선을 고정시켰다.

"아, 콜라도 하나 사갈까?"

사요 씨에게 그 밖에 사고 싶은 게 있으면 사라고 천 엔을 받았기 때문이리라.

"있지, 류토. 내일은 뭘 먹고 싶어?"

"어? 그냥 아무거나 상관없는데…….."

신세를 지고 있는 데다 직접 요리를 할 수 있는 것도 아닌지라 부담을 주지 않으려고 한 발언이었지만, 시라카와는 대뜸 뺨을 부풀렸다.

"정말~! '아무거나 상관없다는' 말이 아내가 제일 난처해하는 소리거든? SNS에서 반응 폭발한 거 몰라?"

"엥?!"

갑자기 훅 치고 들어온 '아내' 발언에 가슴을 두근거리면서도 시라카와의 말에 반성하며 황급히 머리를 굴렸다.

"어, 그럼…… 햄버그는 어때?"

"햄버그? 어떻게 만드는 거지?"

"으, 으음…… 검색해 볼까?"

"내가 검색할래! ……간 고기랑 양파가 들어간대~!"

채소 코너로 돌아가 양파를 바구니에 넣고 정육 코너로 향한다.

"간 고기…… 아, 여기 있다."

시라카와가 그렇게 말하며 팩을 손에 들었다. 하지만 가격표를 보고는 얼굴을 찡그렸다.

"아~ 비싸! 200그램에 이 가격이라니. ……뭔가를 덜어내야 살 수 있겠네."

"소고기라 그런가? 돼지고기랑 섞어서 간 건 다 팔린 것 같네."

평소에 장을 보지 않아서 자신은 없지만 입지 문제인지 고기는 종류가 많지 않았고 가격도 비싸 보였다.

"그럼 햄버그 말고 딴 것도 괜찮아."

"괜찮아? 따로 먹고 싶은 건 있어?"

"음…… 카레라든가?"

"아~ 좋다! 그럼 감자를 더 사자! 고기는 돼지고기로 해도 괜찮아? 그거라면 냉동해 둔 게 있으니까."

"응."

"나, 카레 되게 잘 만들어! 양파는 이대로 사고, 당근은 아직 많이 남았으니까……."

시라카와가 갑자기 생기에 넘쳐서 장을 보기 시작했다.

그리하여 계산대에서 천 엔을 거의 다 쓰고서 우리들은 '이시다야'를 뒤로했다.

"그거, 내가 들게."

왔던 국도를 도로 내려가는데 시라카와가 내가 들고 있는 짐에 손을 뻗었다.

계산대 앞에서 사요 씨에게 부탁받은 각 티슈도 사느라 나는 쇼핑

백과 티슈를 양손에 들고 있었다.

"가벼우니까 괜찮아."

남자다운 구석을 보여주려고 말해 봤지만 시라카와는 마뜩찮은 얼굴이었다.

"음……."

왜 그러나 싶어 의아해하는데, 시라카와가 눈만 들어 나를 보더니 불쑥 중얼거렸다.

"그치만, 이러면 손을 못 잡잖아?"

"아……."

그렇구나. 그것 때문이었구나…….

귀여움에 속으로 버둥거리며 반성하는 내 손에서 시라카와가 티슈를 낚아챘다.

그리고는 척 내 손을 잡았다.

"자, 이걸로 됐지!"

기쁜 듯이 말하는 시라카와가 한층 귀엽게 보여서, 주책없이 얼굴을 히죽거릴 뻔했다.

급속도로 밤의 기운이 다가온 저녁 산길, 우리들은 손을 잡고 내려갔다.

서로의 한쪽 손에는 쇼핑백과 티슈 봉투가 들려 있었다.

"……왠지, 이러니까 부부 같다."

시라카와가 수줍은 듯이 말했다.

"그…… 그러게."

쑥스러웠다. 안 그래도 푹푹 찌는 더위인데 손바닥에 너무 땀이 날까 걱정이다.

"……나, 여태껏, 하나도 몰랐던 것 같아. 사귄다는 게 뭔지."

시라카와가 가라앉은 말투로 불쑥 중얼거렸다.

"누군가와 사귄다는 게…… 이렇게 멋진 일이었구나."

그렇게 말하며 내 쪽을 올려다보는 시라카와의 눈동자는 과장이 아니라 반짝반짝 빛나고 있었다.

"그러게."

나는 그녀의 손을 힘주어 잡았다.

그동안 이 손을 잡아 온 남자들의 기억이 언젠가는 전부 나로 덧칠되기를 기도하며.

그런 바람을 담아 강하고, 다정하게.

◇

사요 씨의 집으로 돌아온 뒤 시라카와는 다시 서둘러 부엌에 섰다.

"좋았어, 얼른 고기 감자조림을 만들어 버려야지!"

"아, 나도…… 거들게."

"응? 괜찮은데……."

시라카와는 거기까지 말하다 말고 고개를 갸웃거리며 잠시 생각에 잠겼다.

"……그럼, 감자 껍질을 필러로 깎아 줄래?"

"응, 알았어."

그 정도라면 할 수 있겠다는 생각에 손을 씻으려는데 시라카와가 나를 보며 웃었다.

"아까 나랑 똑같은 셈이네."

"응?"

"짐은 둘이서 나눠 드는 게…… 요리도 둘이서 같이 하는 게, 둘만의 시간을 만들 수 있다는 뜻이잖아?"

그 말에 시라카와가 손을 잡으려고 티슈를 들어 준 걸 떠올렸다.

"아, 응, 그러…… 게."

거실에서 혼자 어색해하던 걸 눈치 채 준 걸까 생각하니 기뻤다.

시라카와는 늘 내 기분을 우선해 준다. 날 위해서 뭔가를 하려고 해 준다. 잔뜩 배려해 준다.

그런 그녀라서, 나도 진심으로 소중히 아껴 주고 싶다는 생각이 들었다.

시라카와와 달리 나는 누군가와 사귀는 게 처음이라 확신은 없지만.

이것이 사귄다는 것이라면, 무척이나 멋진 일이라고 생각했다.

여자는 귀찮다든가, 혼자가 마음 편하다 같은 바로 얼마 전까지만 해도 나 역시 적지 않게 믿었던 항간의 말들은, 어쩌면 비연애자들을 점점 연애에서 멀어지게 만들려는 함정이 아니었을까?

그런 생각이 들 만큼 시라카와와 보내는 시간은 즐겁고 안온했다.

"류토, 감자 껍질 다 깎았어?"

"응, 이러면 돼?"

"앗, 잘 깎았다! 고마워."

감자를 건네주며 순간 손이 닿았고, 시라카와가 방긋 웃었다.

이럴 때마다 여기가 사요 씨의 집이라는 것도, 바로 옆에서 마오 씨가 밥상을 차리고 있다는 것도 잊고 둘만의 생활을 망상하게 된다.

"가, 감자 하나 더 깎을까?"

"아, 응. 고마워!"

그렇게 대답한 시라카와가 내게서 받아든 감자를 어색한 손길로 도마에 대고 식칼로 잘랐다. 그런 모습도 귀여웠다.

"……저기, 말이야. 앞으로는 나도 이렇게, 요리하는 걸 옆에서 도와줘도…… 될까?"

머뭇거리며 말하자.

"어?"

시라카와는 고개를 들더니 나를 물끄러미 쳐다보고는.

"앗, 응. ……그래도 돼."

해바라기처럼 환한 미소를 지었다.

"고마워, 류토."

이런 시라카와를 앞으로 이주일이나 매일 볼 수 있다니.

설렘에 가슴이 벅차올랐다.

그날 저녁 식사는 사요 씨가 만든 오이와 토마토 샐러드, 된장국, 마오 씨가 만든 다진 전갱이 타르타르, 그리고 나도 한 몫 거든, 시라카와가 만든 고기 감자조림이었다. 우리가 장을 보는 사이 사요 씨와 마오 씨가 곁들이로 만든 모양이었다.

시라카와의 고기 감자조림은 평범하게 맛있었다. 오늘 아침의 순무와는 반대로 감자가 지나치게 푹 익어서 바스라지긴 했지만, 그만큼 간이 잘 스며 있었다.

"맛있다. ……고기 감자조림."

시라카와에게 소감을 전달하자 그녀는 기쁘게 웃었다.

"다행이다! 역시 인기 1등 레시피로 하길 잘했어~!"

해맑은 미소가 귀여워서, 나는 저도 모르게 새댁이 된 시라카와의 모습을 상상하고는 속으로 버둥거렸다.

◇

그렇게 시라카와와 함께하는 농밀한 여름방학이 시작되었다.

아침에 일어나 마오 씨의 차를 타고 바다의 집으로 가서 일한 뒤 돌아와 저녁 식사를 만들어 먹고 시라카와는 사요 씨의 방에서, 나는 2층 독방에서 잠을 잔다.

그런 생활을 며칠 이어간 어느 날.

오늘 시라카와와 나는 아침부터 집에 있었다. 마오 씨가 '다음 주는 백중절 시즌이라 바빠질 테니까 이번 주 평일 하루 정도는 푹 쉬어.'라고 말해 주었기 때문이다.

사요 씨의 집에는 1층에 툇마루가 있다. 동향이라 낮에는 그늘이 져서 앉아 쉬기 딱 좋았기에 선풍기를 놓고 시라카와와 얘기를 나누 거나 스마트폰 게임을 하며 시간을 보냈다.

"류토, 간식 먹자~!"

점심으로 소면을 먹고 잠시 뒤 시라카와가 스푼을 한 손에 들고 다가왔다. 기분 좋게 말하며 다른 손에 들린 플라스틱 컵을 하나 내 밀었다.

"아, 차가워!"

그것은 꽝꽝 얼린 젤리였다.

"류토의 어머니가 보내 주신 거! 잠깐 냉동실로 옮겨 뒀거든~! 사 요 할머니가, 괜찮으면 먹으래."

"아……."

며칠 전 우리 부모님이 커다란 택배 상자를 보냈다. 안에는 내가 부탁한 갈아입을 옷들과 사요 씨 앞으로 보낸 고급 후르츠 젤리 선 물 세트, 그리고 아들이 많은 신세를 지고 있다는 취지의 감사 인사 를 적은 편지가 들어있었다.

"음~ 맛있어! 역시 센비키야*~!"

툇마루에 나란히 앉아 젤리를 먹기 시작하자 시라카와가 행복한 얼굴로 뺨을 꾹 눌렀다.

"복숭아 최고! 류토의 라 프랑스는 어때?"

"응, 과즙이 많아서 맛있어."

---

* 센비키야 : 일본 과일 전문점, 고급 과일 디저트로 유명하다.

"맛있겠다~! 한 입만 줄래?"

시라카와가 그렇게 말하며 입을 앙 벌렸다.

"어?!"

이건 설마…… 음식을 먹여 주는 이벤트인가?!

시라카와가 너무나도 자연스럽게 입을 벌려서 마음의 준비를 할 여유가 없었다.

긴장하기 무섭게 떨리기 시작하는 손으로 간신히 젤리를 떴나…… 했더니, 중요한 과육이 들어 있지 않았다. 황급히 다시…… 허둥거리며 간신히 준비를 마친 뒤.

"자……."

"아―."

몸 앞에 양손을 짚은 시라카와가 내 쪽으로 상체를 내밀었다. 그러자 양팔 사이에 가슴이 들어찼고…… 가슴이 앞쪽으로 밀려 나오며 가슴골을 강조하는 듯한 모양새가 되었다.

"……!"

앵글이 미쳤어……!

너무 좋아……!

시라카와는 눈치 채지 못한 기색이지만, 심장에 나쁘니 그만했으면 좋겠다. ……아니, 기쁘긴 하지만, 이 거리에서 흥분하면 들키니까 제대로 쳐다볼 수가 없어서 힘들었다.

오늘 시라카와는 어깨에 프릴이 달린 탱크톱에 쇼트 팬츠라는 외출복에 비하면 편한 차림을 하고 있었다. 그 허술한 느낌이 또, 아주

선정적이고 좋았다.

그런 잡념으로 뒤범벅된 내가 쥔 스푼을 시라카와는 무방비하게 입에 머금었다.

"……음, 이쪽도 맛있어!"

TV 방송의 맛집 리포터 같은 리액션을 하며 두 뺨을 누르고 있다.

"류토도 먹여 줄까?"

장난스러운 질문에 나는 가슴을 두근거렸다.

"……그, 그래도 돼?"

"물론! 나만 받아먹으면 미안하잖아?"

성실하게 말하며 시라카와는 자신의 젤리를 한 스푼 떴다.

"자, 아―."

시라카와가 시키는 대로 치과의사 앞이나 이비인후과에서 정도 밖에 남에게 보여 준 적 없던 입을 머뭇거리며 벌렸다.

"앗!"

"엥?"

시라카와가 내 입 안을 보고 손을 멈춰서 파라도 붙어 있나? 하고 황급히 입을 다물었다.

하지만 시라카와는 뜻밖의 얘기를 꺼냈다.

"……류토, 이가 귀엽다."

"이, 이?!"

처음 들었다. 아래턱이 좁아서 살짝 지그재그로 난 치열이 약한 콤플렉스였을 정도인데.

"응, 옆에 있는 애들끼리 인사하면서 나란히 서 있는 것 같아서 귀여워."

"……."

과연……. 그런 식으로 볼 수도 있구나.

시라카와의 상상력에 감탄하고 있으려니 시라카와가 '앗' 하고 입술을 오므렸다.

"혹시 싫었어? 미안."

"아냐, 전혀."

"나쁜 의미로 한 말은 아니었어……."

변명처럼 말한 시라카와가 그 대목에서 설핏 뺨을 붉혔다.

"류토를 좋아하는 이유를 또 하나 발견해서, 기뻐져서."

시라카와…….

그런 말을 듣자 나까지 민망하고 기뻐졌다.

시라카와는 나의 콤플렉스도 사랑해야 마땅한 것으로 바꿔 주었다.

"……미안. 자, 젤리 줄게."

환기하듯 말한 그녀가 다시금 '아—' 하고 젤리를 입에 넣어주었다.

과일이 다른 것뿐인데도 그 입은 유난히 달콤하게 느껴졌다.

시라카와에게 떠먹여 준 스푼으로 남은 젤리를 먹자 왠지 가슴이 간지럽고 두근거렸다.

장지문을 닫아 놓은 거실에서는 와이드 쇼 소리가 또렷이 새어 나왔다. 사요 씨의 귀가 살짝 어두운지 TV 음량이 큰 편이었다.

"아, 맛있었다!"

먼저 젤리를 다 먹은 시라카와가 빈 컵을 들어 올리며 말했다.

"'LUNA MARINE'에서도 팔면 좋을 텐데."

"바다의 집에서 센비키야 젤리를? 팔아도 돼?"

"몰라. 마오한테 물어볼까?"

시라카와는 웃었다.

"아니면 우리 엄마한테도 선물로 젤리를 사 오라고 할까?"

시라카와의 어머니도 시라카와가 머무르는 동안 이곳을 방문할 예정인 듯했다. 어머니를 뵙는 건 외증조할머니나 외삼촌을 만나 뵙는 것과는 또 달라서, 상상만 해도 벌써부터 긴장이 됐다.

"시라카와의 어머니, 언제 오시는지는 정해졌어?"

"아니, 아직 연락이 없네. 마리아는 올해도 안 올 거라고 말한 것 같지만."

"그렇구나……."

그 말을 듣자 한편으론 살짝 마음이 놓였다.

"……'LUNA MARINE'은 있지, 우리 자매의 이름에서 딴 거야."

시라카와가 불쑥 말을 뱉었다.

"처음에 마오는 'LUNA MARIA'로 하려고 했는데, 마리아가 '바다 따윈 질색이니까 절대 하지 말'고 해서 지금 걸로 바꿨대."

과연……. 원안은 그대로 자매의 이름이었구나.

"하지만 '마리아(海愛)'는 '마린'에서 따온 거 맞지? 지금 이름도 괜찮은 것 같은데."

"뭐, 그렇지. 마오는 나랑 마리아를 예뻐했으니까, 우리 둘 이름을 쓰고 싶었던 것 같아. 우리가 같이 살았을 때는 마리아도 마오를 정말 좋아했는데…… 따로 살게 되고 나서는 좀 서먹한 것 같더라고. '요즘 마리아가 쌀쌀맞다'면서 마오가 종종 한탄해."

"그랬구나."

마오 씨도 시라카와처럼 쉽게 사람들의 호감을 사는 타입이니까, 쿠로세가 날선 반응을 보이는 것도 왠지 이해는 갔다.

"마리아는 엄마랑 같이 살고 있으니까, 나보다 마오를 만날 기회가 훨씬 많아. 그래서 좀 부럽기도 해."

시라카와가 살짝 외로운 듯이 미소 지었다.

"그래도 난 대신에 아빠랑 같이 살고 있으니까, 어쩔 수 없지. 사람은 뭔가를 선택해야만 하고, 전부 다 손에 넣을 순 없으니까."

"……그, 렇지."

놀랐다. 늘 밝고 모든 것을 손에 넣은 듯 보였던 시라카와가 그런 식으로 달관한 사고방식을 갖고 있을 줄은 상상도 못 했다.

"마리아는 예전부터 자기한테 주어진 것보다는 주어지지 않은 걸 좋아하는 편이었어."

내 놀람을 알아채지 못한 기색으로 시라카와가 조용히 말했다.

"그래서 마리아가 류토를 좋아하게 된 이유도, 대충은 이해가 가."

"어……?"

"남들이 내비치는 호의를 자꾸 의심한다고 해야 하나? 좋아한다고 말하면 물러나고, 멀리 떨어져 있는 것들에 관심을 가지거든. ……저러면 힘들지 않을까, 가끔 생각해."

시라카와의 얘기를 듣자 쿠로세의 성격이 이전보다 또렷하게 파악되는 듯한 기분이 들었다.

　정말로 시라카와와는 정반대구나.

　"나와 마리아는 예전부터 성격이 완전 딴판이었어. 그래도……
난 마리아를 좋아했어."

　그렇게 중얼거린 시라카와는 먼 곳에 있을 여동생을 생각 중인지
아련한 미소를 지었다.

　"마리아는 참 귀엽지."

　잠시 기다렸지만 시라카와가 아무런 뒷말도 하지 않아서 나는 하
는 수없이 고개를 끄덕였다.

　"……그렇지."

　그러자 시라카와가 크게 눈을 떴다.

　"앗, 역시 지금도 마리아를 좋아하는 거지?!"

　"뭐어?!"

　그런!

　그런 함정을 판다고?!

　"……뻥이지만."

　시라카와가 장난꾸러기 초등학생 같은 얼굴로 웃어서 몰래 가슴
을 쓸어내렸다.

　"예, 예전 일이야. 시라카와랑 사귀기 전에……."

　변명하듯 말하자 시라카와도 고개를 끄덕였다.

　"맞아, 예전 일이지……."

스스로에게 되뇌듯이 그렇게 속삭였다.

"지금 류토의 마음이 마리아가 아니라 날 향하고 있다는 건 머리로 알고 있는데."

그리고는 눈을 들어 나를 보았다.

"전에 말했지? 류토가 내 예전 남친들 얘기만 나오면 미묘한 표정을 짓는다는 얘기."

"아, 응."

에노시마로 갈 때 전철 안에서 나눴던 대화가 떠올랐다.

"그 이유, 알 것 같은 기분이 들어."

시라카와가 그렇게 말하며 미소 지었다.

"나도 아마 마찬가지 아닐까. 현재의 류토를 좋아하니까, 예전의 류토도 과거로 돌아가서 독점하고 싶어지는 거겠지⋯⋯."

하늘을 올려다보며 혼잣말하듯 말한 그녀가 불쑥 내 쪽으로 고개를 돌렸다.

"류토는, 어떻게 이 감정을 참고 있어?"

"응?"

"나한테 예전에 남친이 여러 명 있었단 거나⋯⋯ 내가 만약 반대 입장이었다면 틀림없이 질투했을 거야. 나보다 귀여운 애랑 사귀었을까 하고."

"⋯⋯감정을 참는다기보다는."

그에 관해서는 시라카와와 사귀기 시작할 무렵부터 고민했기에 내 나름의 대답이 나와 있었다.

"가슴이 답답해지는 건 내 자신감 결여가 원인이라고 생각해. 하지만 그건 시간만이 해결해 줄 테니까. 시라카와랑 함께하는 시간이 길어지고, 우리 두 사람의 인연이 깊어지면…… 그러면 언젠가는 반드시, 예전 남친 따위는 신경 쓰려고 해도 신경도 안 쓰이게 될 거라고 생각하니까……. 지금은, 그날을 기다리려고."

시라카와는 잠시 침묵한 뒤.

"……그렇구나."

하고 중얼거렸다.

무슨 얘기라도 해야 하나 싶어 말을 고르는데 시라카와가 다시 입을 열었다.

"하긴. 시간이 지나면 언젠가는 반드시, 둘 다 아무렇지 않아지겠지."

해맑게 말하며 웃어 주었다.

그러더니 불현듯 진지한 표정을 지으며 나를 물끄러미 쳐다보았다.

"있잖아, 류토."

"응?"

"내가 이런 말을 하는 게 많이 이상하겠지만……."

잠시 뜸을 들인 뒤 말을 이었다.

"혹시 가능하다면…… 나랑 같이, 마리아의 친구가 돼 주지 않을래?"

"무, 무슨 뜻이야?"

의미를 알 수 없어 바라보는 나를 시라카와는 진지한 눈길로 마주

보았다.

"나, 마리아랑 친구가 되려고."

"뭐?!"

"정공법으로 가봤자 퇴짜 맞을 게 뻔하니까. 우린 같은 반이잖아? 학교 애들은 우리 관계를 몰라. 그러니까 내가 '친구가 되자'고 적극적으로 나서도 마리아도 바로 싫다고 거절하지는 못할 거라 생각해."

"애들한테 자매인 걸 비밀로 하고, 그냥 같은 반 친구로 친해지겠다는 뜻이야……?"

"응. 그걸 도와줬으면 해."

시라카와가 깊이 고개를 숙였다.

"물론 지금 당장은 힘들겠지. 마리아도 류토에 대한 마음을 정리할 시간이 필요할 테고."

"……."

나는 아연실색하는 수밖에 없었다. 정말 터무니없는 작전이니까…….

하지만 시라카와는 진지했다. 무더운 한여름 오후, 이마에 송골송골 땀을 매단 채 물끄러미 생각에 잠긴 듯 눈을 가늘게 떴다.

"가을이 돼서 겨울이 시작될 때쯤엔…… 다시 마리아 옆에 있을 수 있게 되고 싶어. 다시 마리아랑 코타츠(탁자 밑판에 히터를 설치한 난방기구)에 앉아 TV를 보면서 파피코를 반 갈라 먹고 싶어."

"엥, 겨울에?"

시라카와가 누가 봐도 여름에나 먹을 법한 사각사각한 아이스크림을 언급해서, 저도 모르게 놀라서 되물었다.

그러자 시라카와는 뜻밖이라는 듯이 나를 보았다.

"엥, 겨울에 해 본 적 없어?! 목욕을 하고 코타츠에 앉아서 먹는 겨울 파피코가 얼마나 맛있는데!"

"으음, 나는 굳이 고르자면 찰떡 아이스 파라서."

"아— 그거. 그것도 맛있긴 하지."

"겨울엔 크리미한 아이스크림이 어울리지 않아?"

"아— 그렇게 말하니까 그런 것 같기도 해~! 그치만 난 그냥 파피코가 좋은걸!"

"그래?"

마지막은 우스갯소리로 흘러가 버려서 시라카와가 이 계획을 어디까지 진심으로 실행하려고 하는지는 아직 알 수 없었다.

그래도 쿠로세를 향한 시라카와의 마음은 잘 알 수 있었다.

쿠로세의 친위대를 자처하는 녀석들 따위와는 비교도 되지 않을 만큼 훨씬 깊고 강한, 그녀에 대한 순수한 애정.

쿠로세가 얼른 이 큰 사랑을 깨닫기만을 기도하는 수밖에 없었다.

◇

그 다음 날.

백중절이 코앞으로 다가와 평일인데도 바다의 집이 바글거리기 시작한 어느 날 저녁 식사 뒤.

"류토! 불꽃놀이 하자!"

목욕을 마치고 나온 나에게 시라카와가 비닐봉지를 들이댔다. 휴대용 불꽃놀이 버라이어티 세트였다.

"마오가 줬어! 둘이서 하고 오라고."

"물건 사러 간 데서 겟했지~! 오래된 재고라니까 눅눅해졌을지도 모르지만."

마오 씨도 와서 툇마루 앞 정원에 양동이와 라이터를 세팅해 주었다.

"루나, 그리고 이것도."

마오 씨가 시라카와에게 건넨 것은 스마트폰이었다. 액정 화면이 흠집 하나 없이 새것처럼 말끔해져 있었다.

"아까 막 받아 왔어. 수리하기 제법 까다로웠는지 도쿄 지점에 보내서 수리를 받느라 늦어졌대."

"어, 그런데 액정 교환만으로 끝난 거야?"

"그렇지 않을까? 싸던데. 정식 수리점이 아니라 나중에 망가져도 보증은 힘들다고 하긴 하더라."

"다행이다!"

시라카와는 기뻐하며 한 차례 방으로 들어갔다가 다시 정원으로 돌아왔다.

"짜잔~! 부활!"

보여 준 것은 예전에 커플 아이템으로 산 '아토' 케이스를 장착한 스마트폰이었다. 그래도 케이스는 무사했던 모양이다.

"이제 불꽃놀이 사진 찍을 수 있겠다! 너무 좋아!"

"예쁘게 찍을 수 있으려나? 빛은 찍기 어렵잖아."

그런 대화를 나누며 준비를 한 뒤 나와 시라카와는 정원에서 불꽃놀이를 시작했다.

장지문에 끼워진 유리창 너머로 거실에 있는 사요 씨와 마오 씨가 우리들이 만들어내는 빛의 모양을 바라보고 있다.

"어라~? 불이 잘 안 붙네……."

역시 습기가 찼는지 불꽃 중에는 점화가 잘 되지 않는 것도 몇 개 있었다.

"어디……."

내가 시라카와가 들고 있던 불꽃으로 다가간 그때.

파지직!

가느다란 통에서 불꽃이 터져 나왔다.

"우왁!"

"깜짝이야!"

바로 아무 일도 없었던 것처럼 타들어 가기 시작한 불꽃을 보며 우리들은 얼굴을 마주 보았다.

"……류토, 방금 엄청 화들짝 놀랐어."

내 모습이 어지간히도 우스웠는지 시라카와가 소리 내 웃었다.

"하지만 방금 건 움찔거릴 만했다고."

"아하하, 웃겨!"

웃으며 내 쪽에 불꽃을 들이대는 시늉을 한다.

"에잇에잇~!"

"아, 위험하다니까!"

"이 정도는 다가가도 괜찮은데?"

"그렇게 불장난을 치다간 이불에 오줌 싼다?"

내 말에 시라카와는 진지한 표정을 지었다.

"엇, 정말?"

"우리 할머니가 그랬어. 아마 미신이겠지만."

"뭐야아."

시라카와는 안도한 기색으로 웃었다. 순간 믿었을 거라 생각하니 귀여웠다.

"다행이다~, 그래도 이 나이에 오줌을 쌀 순 없지!"

"그런 말이 나중에 씨가 되던데."

"헐! 그럼 그만할래!"

그런 시시한 잡담을 나누며 우리들은 불꽃놀이를 즐겼다.

일반적인 막대불꽃을 다 쓰고 마지막으로 남은 선향불꽃에 불을 붙인 그때였다.

"……선향불꽃의 불은 재밌는 모양을 하고 있네."

무릎을 안은 채 쪼그려 앉은 시라카와가 손 언저리에서 터지는 선향불꽃을 보며 툭 중얼거렸다.

"눈의 결정 같지 않아? 뜨거운데도."

"아, 확실히. 난 거미집 같다고 생각했어. 보통 막대 불꽃은 빗자루처럼 생겼는데 말이야."

"아~. 난 있잖아, 보통 막대 불꽃은 억새풀 같다고 생각했어."

그렇게 말한 시라카와가 잠시 후 피식 웃었다.

"……억새풀(스스키)하니까."

시라카와의 불씨가 뚝 떨어지고, 새로운 선향불꽃으로 손을 뻗었다.

"류토의 고백, 지금도 기억나. '조좋아(스스키)해요' 라고 해서, 나 '조조아'로 잘못 들은 줄 알았잖아. 뭐지, 설마 이름인가? 하고."

"아……."

흑역사다.

떨떠름한 얼굴을 하고 있으려니 시라카와가 그런 나를 보며 웃었다.

"재밌는 사람이다 싶었어. 이렇게 긴장하면서도 고백을 하다니 하고."

"그건……."

말해 버릴까 싶었다.

쿠로세 때처럼, 나중에 해명하기 힘들어지기 전에.

시라카와에게 더 이상 비밀을 만들고 싶지 않았다.

"벌칙 게임이었어."

내 고백에 시라카와는 불꽃을 촛불로 가져가던 손을 멈췄다.

"벌칙 게임? 무슨?"

"중간시험, 친구들이랑 서로 '공부를 전혀 못 했다'고 경쟁하다가.
그런데 내 점수가 제일 좋아서, 벌칙 게임을 받았어."

알기 쉽게 간단히 정리해 버렸지만 대충 맞겠지.

"엇, 잠시만 잠시만."

그때, 시라카와가 쩔쩔매기 시작했다.

"그럼, 류토는 날 전혀 좋아하지 않았다 이 뜻이야?"

"아니, 그런 게 아니라."

나도 쩔쩔매며 부연 설명을 덧붙였다.

"좋아하는 사람한테 고백하는' 벌칙 게임이었어."

그 말에 시라카와는 안도한 표정을 지었다.

"그랬구나……. 그런데 류토는 언제부터 날 좋아했던 거야?"

"어? 그게……."

샤프를 빌려준 게 짝사랑의 계기였지만 그보다 훨씬 전부터 일방
적으로 지켜보며 동경했다.

"……1학년 때부터."

"엥, 반도 달랐는데?"

"응."

"어째서."

"……귀여우니까."

"헐~, 귀여운 애라면 나 말고도 잔뜩 있잖아."

그렇게 말하면서도 시라카와는 기뻐하는 눈치였다.

"그럼, 좀 더 일찍 고백해 주지 그랬어."

"하하……."

시라카와와 사귀기 이전의 내 상태를 돌이켜보며 나는 난감한 웃음을 지었다.

"그때는 고백할 마음이 아예 없었어. 벌칙 게임이 아니었다면 아마, 지금도…… 말하지 않았을 거야."

솔직히 거의 틀림없이 졸업 때까지 말을 꺼내지 않았을 거라고 단언할 수 있었다.

"엥~? 어째서?"

"자신이 없었으니까……. 고백해봤자 오케이 해 줄 거란 생각은 하지도 않았고."

"하지만 난 오케이 했잖아."

"그래서 놀랐어."

그날 벌어진 일은 내 16년 인생 중에서 인류사에서 그리스도의 탄생과 맞먹는 임팩트를 가지고 있었다.

"헐……."

시라카와는 믿을 수 없다는 듯이 중얼거리며 선향불꽃을 들고 있지 않은 쪽 손으로 무릎을 더 꽉 끌어안았다.

"……그래도, 그럼 류토는 굉장히 의리 있는 친구였구나."

그리고는 미소를 지어 줘서 나는 '엥?' 하고 당황했다.

"친구랑 한 약속이니까 차일 거라 생각하면서도 고백한 거잖아?"

"응……."

"정말 굉장하다. 대단한 우정이라고 생각해. ……그리고 성실하고. 그것만 봐도 류토의 성격이 다 보이네."

그런 일로 칭찬을 받을 거라곤 상상도 못 했기에 멋쩍게 얼굴을 긁적거렸다.

"그건……."

"그런 거야, 틀림없이."

뭔가를 납득한 기색으로 시라카와가 크게 고개를 끄덕였다.

"류토 안에는 원래부터 커다란 사랑과 배려가 있었어. 그걸 친구나, 가족이나…… 친한 사람들에게 분명 베풀고 있었을 거라 생각해. 어쩌다 보니 그걸 받아 줄 여자애가 없었을 뿐이지."

그렇게 얘기하며 다시 새로운 선향불꽃에 불을 붙였다.

"내가 아무리 진정한 사랑을 원해도, 류토 같은 사람은 나한테 고백해 주지 않았어. ……나 왠지, 하나부터 열까지 다 잘못돼 있었던 것 같아. 연애를 하는 방법이 말이야."

거미집으로도 눈의 결정으로도 보이는 불꽃이 시라카와의 손 언저리를 환하게 밝히고 있었다. 그 불빛을 쳐다보며 얘기하던 그녀가 그 대목에서 얼굴을 들고 나를 바라보았다.

"……류토, 날 선택해 줘서 고마워."

불꽃에 비친 시라카와의 눈동자는 촉촉이 젖어 빛을 일렁이고 있었다.

"시라카와……."

끌어안고 싶다는 충동이 들었다.

끌어안고, 그리고…… 키스하고 싶다.

그렇게 생각하며 그녀의 어깨에 손을 뻗으려다 혹시 몰라 등 뒤를 돌아보았는데.

"……!"

보고야 말았다.

장지문의 유리창 너머에서 엄청난 기세로 눈을 피하는 사요 씨와 마오 씨의 모습을.

"…….."

뭐, 신경이 쓰이겠지. 귀여운 증손녀와 조카가 성욕 왕성한 고2 남자애랑 둘만 있으니.

"……아, 떨어졌어."

시라카와가 볼멘소리를 냈다. 살펴보니 손에 들고 있는 선향불꽃은 이미 꺼진 상태였다.

"아, 방금 게 마지막 불꽃이었나 봐. ……이만 안으로 들어갈래?"

하늘은 이미 어두워진 지 오래였지만, 푹푹 찌는 한 여름날의 밤은 쾌적하다고는 말하기 힘든 무더위를 뽐내고 있었다.

"그래야지…….."

굳이 밖에 계속 있을 이유도 외출할 핑계도 없었다.

키스, 하고 싶었는데…….

생각해 보면 보트 위에서 한 번 한 날 이후로 전혀 안 했다. 손은 그래도 제법 일상적으로 잡게 됐는데.

이래도 되는 걸까? 아무리 시라카와를 소중히 아끼고 싶다지만,

너무 신중해진 건 아닐까?

　스스로에게 그런 질문을 던지며 골머리를 앓으면서도, 나는 양동이 안의 불꽃을 정리한 뒤 집으로 들어갈 수밖에 없었다.

　　　　　◇

　그날 밤의 일이었다.

　끙끙거리며 번민한 탓인지, 아니면 불꽃놀이 때문에 자다가 오줌을 지릴까 봐 지레 겁을 먹었는지, 웬일로 밤중에 요의가 몰려와서 잠을 깨고 말았다.

　사요 씨의 집은 전형적인 일본가옥이라 어둠 속에서 걷고 있으면 은근히 호러 게임 느낌이 나서 무서웠다.

　게다가 화장실은 1층에밖에 없어서 2층에서 자는 나는 계단을 내려가야 했다.

　그래서 속으로 주뼛거리며 1층에서 볼일을 보고 2층으로 돌아가려던 그때.

　"……어라?"

　툇마루로 이어지는 거실 장지문이 한 군데 열려 있는 것이 눈에 띄었다. 마지막으로 자러 간 사람이 문 닫는 걸 깜빡했나?

　평화로운 시골 동네라지만 요즘은 시절이 흉흉하니까…… 그렇게 생각하며 일단 문을 닫아 놓으려 다가갔는데…….

　"……!"

거기서 툇마루의 사람 그림자가 눈에 들어왔다.

놀라서 소리를 지를 뻔했지만, 자세히 보니 그 사람은 시라카와였다.

늘 입는 편한 실내복 차림으로 시라카와는 툇마루에 앉아 있었다.

가슴이 두근거렸다.

방을 나오기 전 확인한 시간은 오전 1시를 살짝 지나가고 있었다. 아침을 일찍 시작하는 사요 씨와 마오 씨는 이미 잠들었을 터다.

어쩌면, 괜찮은 분위기로 흘러가서 키스를 할 수 있을지도 모른다고…… 그런 음흉한 생각을 하며 그녀에게 다가갔다.

……하지만.

"시라카와?"

흑심은 그 옆얼굴을 본 순간 어딘가로 날아가 버렸다.

시라카와는 누가 봐도 낙담한 모양새였다.

"……류토."

나를 눈치 채고 이쪽을 바라보는 그녀에게서는 역시 평소 때의 활기가 사라지고 없었다.

"시라카와, 여기서 뭘 하고 있었어?"

"응……."

시라카와는 고개를 숙였다. 시선 끝에는 무릎 위에 놓인 스마트폰이 있었다.

"엄마가, 이번엔 아무래도 오기 힘들 것 같대."

"엇……."

"올해는 이사 때문에 유급휴가를 며칠이나 써 버렸고……. 파견

이고, 다른 직원들도 쉬고 싶어 하는 여름에 휴가를 내려니 마음이 편치 않다고…….”

그 말을 들으며 나는 시라카와 옆에 엉덩이를 붙였다.

시라카와의 어머니는 도쿄의 백화점에서 근무하고 있는 모양이었다. 교대근무제라 좀처럼 휴가를 내기가 어렵고 당일치기로 이곳에 왔다가 다음 날에도 일을 하긴 힘들어서 휴가 조정이 되면 연락해 주기로 했다고 시라카와에게 들었다.

“……도쿄로 돌아가서 만나면 안 돼?”

시라카와가 안쓰러워 말해 보자, 시라카와는 고개를 갸웃거렸다.

“글쎄 모르겠어. 저쪽으로 돌아간 뒤에는, 날 보려면 아빠한테 연락을 해야 하잖아? 다음으로 만난 사람이랑 헤어진 지 얼마 되지 않아서, 불편하다고 지금은 연락을 꺼리는 것 같았어.”

“그렇구나…….”

그런 사정도 있구나.

“어렵네.”

“그치. 정말 귀찮다니까.”

한숨을 내쉬며 시라카와는 잠시 입을 다물었다.

“……우리 엄마, 중1 때 아빠랑 처음 사귀고 나서 헤어질 때까지 계속 아빠 한 사람만 봐 왔어.”

잠시 후 그녀는 그렇게 얘기를 시작했다.

“언니를 낳고, 나랑 마리아가 태어나고…… 그 무렵에 아빠가 한 차례 엄마한테 바람을 핀 걸 들키고. 그래도 엄마는 용서했어. 아빠를 좋아했고 아빠밖에 사귀어 본 사람이 없어서, 이제 와서 이혼한다고 다른 남자랑 연애할 수 있을 거란 자신이 없었대. 혼자서 살아가는 건 불안하니까."

나는 고개를 끄덕이며 묵묵히 시라카와의 말을 듣고 있었다. 여태껏 타인의 가정에 얽힌 복잡한 사정을 듣는 경험은 거의 해 본 적이 없었기에, 뭐라고 말을 해야 좋을지 알 수 없었다.

"그 때문이었을까…… 우리들한테도 주문처럼 말하고 또 말했어. '남자는 다 바람을 피운다'고."

시라카와는 과거를 회상하듯 아련한 눈빛으로 하늘을 올려다보았다.

"하지만, 두 번째 불륜이 발각됐을 때는 참을 수가 없었나 봐. 첫 번째 때 그렇게 '다시는 안 하겠다'고 맹세하길래 믿었는데, 이제는 아버지가 하는 말은 아무것도 믿을 수가 없다고…… 이렇게 된 이상 더는 같이 살 수 없다고."

그런다고 해서 어머니를 책망할 사람은 없을 것이었다. 그 결단이 시라카와 가족을 갈라놓았다고 생각하면 가슴이 아팠지만.

"아빠의 불륜은 아마 진심은 아니었을 거야. 아빠는 엄마를 지금도 좋아하는 것 같으니까."

시라카와는 그렇게 말하며 나를 보고 웃었다. 괴로워 보이는 미소였다.

"날 데려가길 원한 건…… 내가 엄마를 닮았기 때문이라 생각해. 요즘도 종종 말하거든. '루나는 점점 엄마를 닮아가는구나.' 하고.

그때의 아빠는 정말로 기뻐 보였어……. 바보지."

그런 시라카와를 보기가 괴로워서 조금이라도 과거에서 화제를 돌리려 고민했다.

"아버지는, 지금은 사귀는 사람 없어?"

내 질문에 시라카와는 잠시 생각한 뒤 고개를 저었다.

"음…… 최근엔 없는 것 같아. 전에는 휴일에 집을 비울 때도 있었는데, 헤어지지 않았을까."

"그렇구나……."

"내가 있으니까. 애인이 보기에 고등학생 딸은 제일 달갑지 않잖아?"

평상시의 밝은 어조가 지금은 한밤중의 툇마루에 슬프게 울려 퍼졌다.

"내가 집에 있는 동안에는 아빠의 연애도 잘 굴러가지 않을 것 같아. 미안하지만…… 뭐, 자업자득이려나."

시라카와는 미간을 모은 채 입 꼬리를 올리며 웃었다.

비록 별것 아닌 한마디라도 시라카와가 타인에게 싫은 소리를 하는 건 처음 들었다.

그만큼 이혼의 원인을 만든 아버지에게 복잡한 감정을 갖고 있다고 생각하니, 그 심정이 이해가 가서 가슴이 죄어들었다.

"……그런데, 류토는 웬일이야? 설마 이불에 오줌 쌌어?"

내가 얼굴을 찌푸리고 있었기 때문일까. 시라카와가 짓궂은 어조로 놀렸다.

"제, 제때 갔어, 화장실."

내가 지금 여기서 무슨 말을 한다 해도 제삼자의 무책임한 발언에 불과했다. 그렇게 생각하니 다시 방금 전의 화제로 돌아갈 마음이 들지 않아서, 시라카와의 장단에 맞춰 까불거리는 수밖에 없었다.

"그렇구나. 그럼 나도 화장실에 갔다 방으로 돌아갈까."

시라카와는 웃으며 자리에서 일어나 손을 흔들었다.

그에 나도 덩달아 자리에서 일어났고…… 그리고.

용기를 내어 시라카와의 손을 잡았다.

"……류토?"

시라카와가 놀란 듯이 나를 바라보았다.

불꽃놀이 때 하지 못했던 키스를 떠올리자 가슴 안쪽에 불길이 일었다.

지금이라면 아무도 보지 않겠지.

보지 않겠지만…….

—엄마가, 이번엔 아무래도 오기 힘들 것 같대.

방금 전의 쓸쓸해 보이던 시라카와를 떠올리자, 애처로워서.

안쓰러워 참을 수가 없어서, 무심코 껴안고 싶어지지만.

시라카와가…… 지금 원하는 건, 그런 게 아니지 않을까……?

"……잘 자, 시라카와. 그럼 내일 보자."

결국 그 말만을 남기고 마지못해 손을 뗐다.

시라카와는 그런 나를 마주 보며 살짝 미소 지었다. 그리고는 발길을 돌려 내게서 등을 돌렸다.

"……응. 잘 자, 류토."

복도로 향하는 뒷모습에서 돌아온 목소리는 살짝 물기에 젖어 있는 것만 같았다.

◇

올 여름은 내내 번민에 시달리고 있는 것 같은 기분이 든다.

이대로 두 번째 키스도 못 한 채 여름이 끝나는 건가?

하지만 낮에는 바다의 집, 밤에는 사요 씨와 마오 씨가 있는 집에서 지내고 있는 상황에서 대담한 행동에 나설 수도 없었기에…….

결국, 그 상태로 여름 축제 날을 맞이하고 말았다.

여름 축제 날 아침도 언제나와 마찬가지로 바다의 집에 출근했다. 내일은 아침 식사 후에 역까지 차를 얻어 타고 간 뒤 집으로 돌아갈 예정이었기에, 오늘이 바다의 집에서 일하는 마지막 날이었다.

한낮의 피크 타임이 진정될 때쯤, 시라카와는 마오 씨의 차를 타고 일단 사요 씨의 집으로 돌아갔다. 저녁부터 시작될 여름 축제에 참석하기 전에 유카타를 입고 헤어 세팅을 하고 싶은 모양이었다.

혼자서 가게를 지키던 내게 돌아온 마오 씨가 수고했다며 봉투를 건네주었다.

"이주 이상 고마웠어. 류토도 이제 그만하고 가도 되니까."

"어……."

아직 세 시밖에 안 됐는데. 그렇게 생각하고 있으려니 마오 씨가 나를 가볍게 찔렀다.

"오늘이 두 달 기념일이라며? 뭐라도 살펴보고 오지 그래? 루나는 깜짝 이벤트를 좋아하니까, 완전 감동할걸~?"

"아……!"

그러고 보니 그랬다. 여름 축제 데이트나 시라카와의 유카타 차림에 대한 생각으로 머릿속이 가득 차 있어서 몰랐는데, 오늘이 에노시마에 다녀온 뒤로 딱 한 달째 되는 날이었다.

"그거, 군자금으로 써~!"

마오 씨가 가리킨 것은 내 손에 들린 봉투였다.

"……?"

여자친구의 외삼촌에게 용돈을 받을 이유는…… 그렇게 생각하며 내용물이 돈이 맞는지 아닌지도 알 수 없어 봉투를 열어 보는데, 안쪽에 있던 유키치* 몇 사람과 갑자기 눈을 마주치는 바람에 화들짝 놀라고 말았다.

"이건……?!"

"알바비야~! 1일 5시간 근무한 걸로 계산했어."

"그렇게나…… 요?!"

확실히 아침부터 저녁까지 있긴 했지만 한가할 때는 바다에서 놀았고 가게에 있어도 시라카와와 그냥 잡담을 나누는 시간이 많았는데.

"뭐, 그 정도는 일했어."

---

* 만 엔권 지폐에 인쇄되어 있는 인물의 이름

"아뇨, 하지만…… 저도 이주일이나 사요 씨 댁에서 신세를 졌는데."

신세를 진 값을 생각하면 당연히 공짜로 일하는 게 맞다고 생각했고, 일이라고 해봤자 학교 축제 때 카페 일 하듯 한 게 다였다. 그래도 조금이나마 보답이 되면 좋겠다는 생각에 거들었던 건데…….

그런 말을 횡설수설하며 전달하자 마오 씨도 자상하게 웃었다.

"류토가 일을 해 줘서 일손이 늘어난 덕에, 나도 운영시간 내에 재료 보충이나 밑 준비를 끝내고 그만큼 할머니를 챙겨 드릴 수 있었어. 그러니까 넌 모두에게 도움이 되는 일을 해 준 거야. 이건 그 대가고."

평소 때의 능글맞던 모습은 온데간데없이 성실함이 느껴지는 말투였다.

"……."

시라카와가 마오 씨를 잘 따르는 이유를 알 것 같은 기분이 들었다. 남자인 나도 반하지 않을 수 없었다.

마오 씨가 시라카와의 외삼촌이라 다행이었다……. 이런 사람이 라이벌이었다면 도저히 이길 수 없었을 테니까.

"……가, 감사합니다!"

그렇게 말하는 수밖에 없어 고개를 숙인 내게, 마오 씨가 웃으며 살랑살랑 손을 흔들었다.

"깜짝 이벤트로 한 방 먹여 버려! 루나를 부탁해."

◇

옷을 갈아입고 바다의 집을 나온 나는 여름 축제 회장으로 향했다.

여름 축제는 산 쪽으로 살짝 올라간 곳에 있는 신사에서 열리게 되어 있었다. 불꽃을 쏘아 올리는 곳은 모래사장 쪽이라서 그런지 해변가에서부터 벌써 노점이 줄지어 서 있었다.

"깜짝 이벤트라고 해도……."

이런 곳에서 고등학생 여친이 기뻐해 줄 만한 걸 손에 넣을 수 있을까?

노점 안에는 전문 노점상들뿐만 아니라 동네에서 장사를 하고 있는 사람들이 플리마켓 느낌으로 낸 것 같은 가게들도 있었다.

무더운 낮이라 아직 인적은 드물었다. 그 와중에 혼자 노점 거리를 둘러보던 나는 길모퉁이에 있는 노점 한 곳에 눈길을 고정했다.

◇

쨍쨍 내리쬐던 불볕더위도 한풀 꺾인 5시경, 시라카와에게 '준비 완료!'라는 연락을 받고 걸어서 사요 씨 집으로 그녀를 데리러 갔다.

"류토, 어때?"

현관 앞에 모습을 드러낸 시라카와를 보며 나는 할 말을 잃었다.

귀엽다. ……완전 귀여워.

시라카와는 보라색과 핑크색을 바탕으로 한 꽃무늬 유카타를 입고 있었다. 거기에 비슷한 계열의 짙은 색 허리띠를 졸라매고 작은 라탄 백을 든 채 미소 짓고 있었다. 위로 틀어 올린 헤어스타일은 갸루답게 화려했지만, 사요 씨가 옷 입는 걸 도와줘서 그런지 상상했던 것처럼 기녀 같은 느낌은 전혀 나지 않았고 오히려 정통파에 가깝게 치장하고 있었다.

"……귀, 귀엽, 네."

언제나처럼 쑥스러워하는 내게 시라카와가 '앗' 하고 소리를 지르더니 입술을 삐죽거렸다.

"수영복 때가 더 반응이 좋았어! 류토 변태! 유카타는 별로야?"

"아, 안 그래! 귀, 귀엽다니까."

"음~ 정말이려나~?"

"정말이야!"

그 장난 섞인 실랑이는 집 안에서 사요 씨가 나오면서 끝났다. 우리들은 사요 씨에게 인사를 하고 집을 나섰다.

신사와 사요 씨의 집은 같은 산 쪽이지만 방향이 달라서 일단 모래사장으로 내려간 뒤에 노점들을 거쳐 신사에 올라가기로 했다. 불꽃을 보려면 다시 바다 쪽으로 내려와야 했지만, 축제를 다 돌아보려면 그러는 수밖에 없었다.

게타(일본식 나막신. 게다라고도 함)를 신은 시라카와를 배려해 평소보다 천천히 걸어서 길을 내려갔다.

"발, 괜찮아?"

"응, 멀쩡해. ······류토, 아까부터 그 말만 하네."

너무 많이 물어본 모양인지 시라카와가 웃음을 터뜨렸다.

"미안……. 유카타를 입은 여자애랑 걷는 건 처음이라서."

저번 데이트 때 구두에 쓸려 뒤꿈치가 까지기도 했고 게타가 얼마나 걷기 힘든지 알 수가 없어서 그만 과하게 신경을 쓰고 말았다.

"후후, 고마워."

시라카와는 기쁜 듯이 웃었다.

축제에 놀러 온 게 몇 년 만이더라. 초등학교 고학년 즈음까지는 친구한테 붙들려 동네 축제에 몰려 나갔던 것도 같은데.

아래로 내려오자 노점들이 늘어선 길은 아까보다 통행인들로 북적거리고 있었다. 평소 때는 해변을 제외하고는 한산한 시골 동네인데, 다들 어디에서 찾아온 걸까?

"치즈 핫도그는 뭐지? 가게가 엄청 많은데."

좌우로 노점을 둘러보며 걸음을 떼면서 나는 사전 답사 때부터 품고 있던 의문을 입 밖으로 꺼냈다.

"헐, 몰라? 한국 간식이야. 안에서 치즈가 쭉 하고 늘어나서, 사진 찍기 엄청 좋은 거!"

"치즈 도그 같은 거야?"

"아~ 맞아. 튀기긴 했지만."

"튀긴 치즈 도그가 사진 찍기 좋아?"

"응! 치즈가 레인보우 컬러로 된 것도 있어."

"헐~ 처음 알았어."

"노점에서 단골 메뉴로 정착된 지 꽤 오래 됐는데!"

"그랬구나."

내가 오지 않은 동안 축제 노점의 유행도 변화한 모양이다. 시라카와가 좋아하는 버블티도 판매하는 노점이 있었다.

"버블 밀크티까지 파네."

"아, 먹고 싶어! 갑자기 목이 마르네."

"사 줄까?"

"내가 알아서 살게. 그치만 사과 사탕도 먹고 싶고, 뭘 골라야 할지 궁극의 선택이야……."

"둘 다 사 줄게."

"엥, 웬일이야, 류토? 제비뽑기라도 당첨됐어?"

시라카와가 놀라자 평소 때의 내가 짠돌이처럼 느껴져 쓴웃음이 나왔다.

"마오 씨한테 바다의 집에서 알바한 급료를 받았거든."

"실화? 거짓말! 좋겠다!"

"시라카와는 안 받았어?"

"응……. 그래도 스마트폰 수리비를 대신 내 줬으니까. 돌아가면 한 번 더 물어 봐야지."

"아마 주실 것 같아."

그런 얘기를 하며 지갑에 여유가 있는 내가 버블티와 사과 사탕을 사 주었다.

"와~ 너무 기뻐! 이 세상 모든 걸 손에 넣은 기분! 고마워, 류토!"

호들갑을 떨며 기뻐한 뒤 시라카와는 사과 사탕을 깨물었다.

"……엄마가 아빠한테 처음 받은 것도 사과 사탕이었대. 동네 여름 축제에서."

문득 생각난 듯이 시라카와가 말했다.

"우린 뭐지? 버블 밀크티인가?"

"응, 그러네."

시라카와의 생일 데이트 때가 떠올랐다.

"아빠랑 엄마는 내 꿈이었어. 결국 헤어지고 말았지만…… 아무 문제도 없었을 때는 엄청 사이좋고 되게 잘 어울렸거든."

사과 사탕을 씹으며 시라카와가 더듬더듬 말했다.

"전에도 말했지만, 엄마처럼 처음으로 사귄 사람과 결혼하는 게 꿈이었어."

그러더니 평소 같지 않게 푹 고개를 숙이며 사과 사탕을 깨물었다.

보폭이 조금씩 줄어들더니…… 끝내 멈춘다.

"시라카와?"

왜지 싶어 그녀의 얼굴을 들여다보던 나는 깜짝 놀랐다.

시라카와가 두 눈에 눈물을 담고 있었다.

"괘, 괜찮아?"

부모님 때문에 힘들었던 기억이라도 떠오른 건가 싶어 쩔쩔매는데 시라카와가 중얼거렸다.

"……나는 왜, 처음이 아닐까."

툭, 처량하게.

"류토가 여러 가지 것들에 익숙하지 않은 모습을 보고 있었더니,

왠지 슬퍼져 버렸어."

"엥······."

그저 당황하는 수밖에 없는 내게 시라카와가 고개를 들며 말했다.

"처음이 아냐, 나. 여기 축제는 아니지만, 이렇게 유카타를 입고 남자애랑 걷는 것도······ 같이 불꽃놀이를 구경하는 것도."

그렇게 얘기하는 표정은 애처롭게 일그러져 있었다.

"처음이면 좋았을걸······."

그 두 눈에서 눈물이 넘쳐 흘렀다.

"······?!"

놀라서 소리도 내지 못하는 내 앞에서 그녀는 오가는 행인들의 시선에서 도피하듯 두 손으로 얼굴을 감쌌다.

"전부 류토가 처음이었으면 좋았을 텐데······. 내 기억을 지우고 싶어······."

시라카와는 어깨를 들썩이며 울고 있었다.

"류토는 나한테 많은 처음을 줬는데······ 나도 그게 기쁜데······ 난 류토에게 처음을 줄 수가 없어······."

평소에는 밝은 그녀가 이렇게 흐느껴 울다니.

갑작스러운 사태에 놀라 넋이 나가 있던 나는 그 말에 퍼뜩 정신을 차렸다.

"받았어, 많이."

저도 모르게 그렇게 말했다.

"데이트 장소가 처음이 아니라도······시라카와가 나랑 있을 때 느끼는 감정이 그전까지와는 다른 것이었다면…… 난 그걸로 만족해."

시간은 되돌릴 수 없다. 과거를 없었던 일로 만들 순 없지만…… 지나간 나날들을 후회하며 그렇게 가슴을 아파하지는 않았으면 좋겠다고 생각했다.

나는 지금 눈앞에 있는 시라카와가 정말로 좋으니까.

"류토……."

시라카와가 젖은 눈동자를 일렁거렸다.

"그거, 내가 들게."

나는 시라카와의 손에서 버블 밀크티가 담긴 컵을 받아들고 그녀와 손을 잡았다.

우리들은 한참을 말없이 걸었다.

아까는 대부분 휴식 중이었던 오코노미야키 노점상들이 줄을 선 손님들을 앞에 두고 바쁘게 뒤집개를 휘두르고 있었다. 어딘가에 있는 뻥튀기 가게에서 '펑!' 하고 큰소리가 나서 주변 사람들이 순간 술렁거렸다.

"……모순이라는 걸, 나도 알지만."

사과 사탕을 깨무는 걸 중단한 시라카와가 다시 말을 꺼내기 시작했다.

"류토랑 사귄 게, 지금이라서 다행이라고 생각하는 마음도 있어."

무슨 뜻인가 싶어 뒷말을 기다리는 내게 시라카와가 살며시 미소를 지었다.

"처음으로 사귄 사람이 류토였다면…… 나, 이게 당연한 줄 알고 류토의 멋진 구석을 많이 놓쳤을 것 같아."

그렇게 중얼거리며 픽 웃었다.

"오히려 '내 남친이 통 나한테 손을 대지 않는데, 날 사랑하지 않는 걸까?' 하고 친구한테 투정 부리고 있었을지도 몰라."

"헐, 너무해……."

시라카와의 평소 말투를 흉내 내어 말하자 시라카와는 '아하하' 하고 웃었다.

"……예전에는 남친이 날 원하면 안심했어. 나를 사랑하고 있구나 하고. 내가 있을 곳은 여기면 충분하다고 생각했어."

힘들었던 과거를 애도하듯 시라카와가 눈을 가늘게 떴다.

"지금 생각해 보면 그건 오히려 섹스할 때 말고는 사랑을 실감할 수 없었다는 뜻이었는데 말이야."

자조하듯이 웃는 그녀의 얘기에 나는 가만히 귀를 기울였다.

"지금의 나라서 알 수 있는 것 같기도 해. 류토가 나를…… 굉장히 좋아해 주고 있다는 걸."

살짝 시선을 떨구며 시라카와는 행복하게 미소 지었다.

"그렇게 생각하면…… 그동안의 연애도, 힘들었던 일들도…… 헛된 일이 아니었을지도 모른다고 생각할 수 있을 것 같은 기분이 들어."

"시라카와……."

처음 사귄 여자친구는 이미 경험이 있었다.

그 사실에 이런저런 생각이 드는 건 남자 쪽뿐일 거라 생각했다.

그런데 설마 여자친구 쪽도 그런 생각을 하고 있었을 줄이야…….

이제 충분하다는 생각이 들었다.

나도 슬슬 시라카와의 예전 남친들을 극복할 수 있을 것 같다.

"시라카와, 서바이벌 게임 해 본 적 있어?"

"엥, 갑자기 그건 왜?"

난데없이 화제를 전환한 내게 시라카와가 눈을 동그랗게 뜨면서
도 고개를 가로저었다.

"없어. 그게 뭐더라. 숲에서 서로 총으로 쏘는 거였던가?"

"맞아 그거. 잇치…… 친구 둘이랑 계속 가고 싶다고 말은 했었는
데, 가고 싶은 곳이 6인부터라고 해서 세 명이 부족하거든……. 괜
찮으면 같이 가지 않을래? 시라카와랑…… 야마나랑, 야마나의 남
친까지 해서."

"아— 니콜은 지금 남친이 없어."

"그렇구나…….."

"그래도 가고 싶어! 아카리 꼬셔도 돼? 우리랑 같은 반 여자애!"

"으, 응, 괜찮아."

고개를 끄덕이긴 했지만 대책 없는 말을 꺼냈다는 생각이 들었
다. 인싸 여자애들한테 둘러싸여 삐걱거릴 잇치와 닛시, 그리고 선
술집 사건으로 그들이 야마나에게 적립한 애증, 훗날에 '시라카와랑
사귄다고 감히 자랑을 하다니 이 사이비 아싸 자식!'이라고 매도당
할 것을 상상하자 날씨가 더운데도 식은땀이 배어 나왔다.

그래도, 권해 보고 싶었다.

시라카와가 여태까지 절대로 가본 적이 없을 것 같은 장소로.

"시라카와, 처음인 것들을 나랑 실컷 하자."

힘차게 말하는 나를 시라카와는 커다란 눈으로 물끄러미 쳐다보았다.

"우린 사귀기 전까지 전혀 다른 세상에서 살았으니까…… 마음만 먹으면 얼마든지 할 수 있을 거라 생각해. 같이, 새로운 경험을 해보자."

"류토……."

시라카와의 눈동자에 다시금 반짝임이 차올랐다.

"……응, 그러게. 둘이서 처음인 것들을 실컷 하자."

잡은 손을 꼭 움켜쥐며 시라카와가 몸을 기대 왔다. 게타 바닥이 달각거리며 소리를 냈다.

"……류토, 정말 좋아해."

과일인지 꽃인지 모를 향기가 짙게 감도는 가운데 살그머니 귓가를 울리는 달콤한 속삭임. 나는 그것을 어른이 되어서도 계속 기억하고 싶다고 생각하며 낱낱이 음미했다.

◇

노점 거리를 지나 산길 쪽으로 계속 걸어가자 길모퉁이에 노점 한 곳이 눈에 띄었다.

"아, 귀여워!"

그곳은 액세서리 가게였다. 흰 천을 깔아 놓은 가판대 위에 쟁반이 놓여 있고, 각양각색의 돌이 박힌 반지와 귀고리가 진열돼 있었다. 가게 주인은 머리를 투톤으로 나눠 염색한 멋쟁이 누나로 척 봐도 고집이 있어 보이는 분위기의 사람이었다.

"천연석 액세서리입니다. 제가 터키에서 떼 와서 만든 거라 시장 가격보다 훨씬 싸요. 직접 만든 거라 전부 하나밖에 없고요."

관심을 보이며 다가간 시라카와에게 누나가 말을 걸었다.

"와~ 멋지다! 그런데 전 보석 같은 건 전혀 모르는데요."

"처음엔 탄생석으로 시작하는 사람도 많아요. 생일이 몇 월인가요?"

"어, 6월이요."

"그럼 문스톤이겠네요."

"문스톤……."

자기 이름에서 유래한 돌의 이름에 시라카와는 갑자기 관심이 끌린 모양이었다.

"문스톤은 이 돌인데요."

샘플 원석을 구경한 시라카와가 눈을 빛냈다.

"와, 예쁘다!"

우유를 뜨거운 물에 녹인 것처럼 투명한 유백색 돌은 살짝 진주를 닮아 반들거리고 신비스러운 느낌이 들었다. 달의 돌이라고 하니 그렇게 보이는 것도 같았다.

"이 돌이 들어간 걸로는 어떤 액세서리가 있나요?"

"이쪽 귀고리라든가."

"귀고리구나."

"이어커프라서 피어스를 한 사람도 착용할 수 있어요."

"으으음…… 기왕이니까 좀 더 크기가 큰 걸 사고 싶은데. 링도 있나요?"

"반지 말씀이신가요? 반지는…… 아, 문스톤은 아까 팔려서…… 엥, 어라?"

거기서 누나와 내 눈이 마주쳤고, 누나는 눈을 크게 떴다.

"아…….."

시라카와와 누나의 대화가 계속 이어져서 말을 꺼낼 기회가 없었던 것이다. 여기서 말할까 하던 찰나.

"음~ 유감이네요. 손님에게 딱 어울릴 것 같았는데."

가게 누나는 어째서인지 시라카와에게 그렇게 말하며 내게 눈짓했다.

"정말 아쉽네요……. 나중에 또 올게요!"

"죄송해요, 내년에도 아마 팔러 올 테니까요!"

누나의 목소리에 배웅을 받으며 시라카와는 아쉬움이 남은 기색으로 재차 걸음을 뗐다.

"문스톤이래. 처음 봤는데 예쁘다~. 반지도 있었으면 샀을 텐데."

시라카와는 그렇게 말하더니 손을 얼굴 앞으로 내밀어 다섯 손가락을 쫙 펼쳤다.

"많이 자라긴 했지만 이 네일에 붙어 있는 장식, 쉘이라고 하거든, 이 쉘이랑 색이 비슷해서 완전 잘 어울릴 거라고 생각했는데 말이야."

"그, 그렇구나."

심장이 펄떡거렸다.

사실은…… 아까 그 가게에서 문스톤 반지를 산 건 나다.

당연히 시라카와의 탄생석이라든지 달의 돌이라든지 같은 이유로 결정한 건 아니다. 가게의 멋쟁이 누나와 대화를 나누는 것조차 긴장돼서 몇 번인가 지나가는 척하며 멀리서 힐끔거리다 가격표를 확인하고 프리사이즈라 적혀 있어서 바로 결정했을 뿐이었다.

언제 말하지.

언제 건네줄까…….

구매한 지 얼마 되지 않은 참이라 계획이 전혀 없었다.

"뭐, 됐어. 아, 저기 저것 좀 봐~."

그렇게 다른 데로 관심을 옮긴 시라카와는 버블 밀크티와 사과 사탕을 야금야금 소비하며 그 뒤에도 이것저것 내게 말을 걸어 주었다. 그에 맞장구를 치며 나는 계속 반지 생각에 마음을 술렁이고 있었다.

"……아, 그래도 아까 그 돌, 정말 귀여웠는데."

몇 번인가 화제가 변경된 뒤 시라카와는 다시 천연석 액세서리 얘기로 돌아왔다.

"돌아가는 길에 다시 들러서 이어커프라도 구경해 볼까? 그래도 좀 비쌌다. 5천 엔이라니. 핸드폰 요금도 내야 하고…… 5백 엔이면 좋았을 텐데 말이야."

"그러게……."

그런 얘기를 하며 우리들은 산길을 올라가 신사 경내에 도착했다.

가파른 돌계단 끝에 있는 작은 신사로, 평소에는 한산하리라는 것을 쉬이 짐작할 수 있었다. 지금은 경내에도 노점이 줄지어 서 있어 북적거리는 시골 사당이었다.

"기왕 온 거 참배라도 하고 갈까?"

시라카와의 권유에 배전 앞에서 새전을 던지고 기도를 드렸다.

"뭘 기도했어, 류토?"

"응? 그게……."

내 마음속 소망은 단 하나.

시라카와와 계속 함께 있을 수 있기를.

하지만 그건 지나친 욕심이니까.

지금은 좀 더 견실한 소원을 빌어 뒀다.

"시라카와랑 멋진 두 달 기념일을 보낼 수 있기를 기도했어."

그 말에 시라카와는 퍼뜩 놀란 표정을 지었다.

"기억해 줬구나……."

"미안, 사실은 제대로 선물을 주고 싶었는데……."

내 말이 채 끝나기도 전에 시라카와가 붕붕 고개를 저었다.

"괜찮아, 마음만이라도."

그리고는 반짝이는 눈동자로 나를 바라보았다.

"류토를 만난 게 나한테는 최고의 선물이니까."

시라카와가 해바라기 꽃처럼 웃었다.

"있잖아, 내 소원, 가르쳐 줄까?"

"어? 으, 응."

"'류토와 계속 함께 있을 수 있기를'."

"아……."

같은 생각을 해 주었다고 생각하니 가슴이 벅차올랐다.

그런 나를 응시하며 시라카와가 미소 지었다.

"그때, 벌칙 게임일지라도, 나한테 고백해 줘서 고마워."

"시라카와……."

감사를 표할 건 오히려 나였다.

그때 교직원 주차장에 와 줘서. 얘기한 적도 없는 같은 반 아이의 고백을 오케이 해 줘서.

그것이 오늘까지 계속된 기적 같은 행복의 시작이었다.

"……앗, 시라카와."

나는 퍼뜩 정신을 차리고는 주머니를 뒤적거렸다.

"그리고, 미안. 사실은 선물이 없는 게 아니야……."

"엥?"

놀란 시라카와에게 펠트로 된 액세서리 주머니를 건넸다. 내용물을 꺼낸 시라카와는 손바닥 위에 놓인 유백색 돌이 박힌 반지를 보며 할 말을 잃었다.

"이거……!"

눈을 휘둥그레 뜬 채 입을 빠끔거리며 나를 본다.

"거짓말?! 에엥?! 어디서 산 거야?!"

"아까…… 시라카와를 데리러 가기 전에."

"왜, 이걸 산 거야……?"

"시라카와의 지금 네일이랑 어울릴 것 같아서…… 왠지 모르게. 쉘? 같은 건 몰랐지만."

말하는 사이 시라카와의 눈동자에 일렁임이 차올랐다.

그래서 나는 황급히 말을 이었다.

"사실은 좀 더 제대로 된…… 이라고 말하면 그 누나한테 실례지만, 제대로 상자에 리본 같은 것도 묶어서 반들반들한 주머니에 넣어 줄 것 같은 가게에서 가격도 더 비싼 걸로 선물하고 싶었는데……."

모처럼 알바비도 받았겠다 생일 이후로 시간도 지났으니 그만큼 더해서…… 하는 마음이 굴뚝같았지만, 이 작은 해변 거리에서 그런 류의 가게는 검색해 봐도 발견되지 않았다. 그래서 기념일에 맞춰 생색이나 내려고 한 거였는데.

설마 이렇게 기뻐해 줄 줄이야.

"아니. 너무 충분해……."

시라카와는 눈물을 글썽이며 고개를 가로저었다.

"지금은 이게 좋아."

그렇게 말하며 수줍은 듯이 미소 지었다.

"그런 걸 받는 기쁨은 훨씬 나중으로 미뤄 두고 싶으니까……."

훨씬 나중……?

머릿속에서 웨딩드레스를 입은 시라카와가 내게 방긋 웃었다.

"……저기, 이거 끼워 줄래?"

시라카와의 말에 멍하니 있던 나는 정신을 차렸다.

"앗, 응."

시라카와의 손에서 반지를 받아 어느 손가락에 끼워 줄까 하고 그
녀를 보았다.

"으음, 그럼, 여기!"

시라카와는 오른손을 내 쪽으로 내밀며 약지를 흔들거렸다.

"알았어."

왼손이 아니었던 걸 살짝 아쉬워하던 내게 시라카와가 미소를 지
었다.

"지금은 말고…… 더 있다가."

"……응."

마음이 따뜻해지고 절로 미소가 넘쳐흘렀다.

정말로, 그런 미래가 올 거라 믿어도 되는 걸까.

시라카와와 계속 함께 있을 수 있는, 그런 미래가.

나만의 소원이었다면 자신이 없었겠지만. 시라카와의…… 이런
착한 아이의 소원이라면 신도 들어줄지 모른다.

"……와, 예뻐!"

시라카와가 뺨을 상기시키며 문스톤을 낀 오른손을 하늘로 치켜

들었다.

"달이 두 개가 된 것 같아……."

밤하늘에 떠 있는 둥근 것과 비교해 보며 그녀가 여전히 뺨을 물들인 채로 기쁘게 속삭인 그때였다.

퍼엉!

주변 일대에 메마른 파열음이 울려 퍼졌다.

그와 동시에 아직 희미하게 밝은 하늘에 커다란 빛의 꽃이 반짝였다.

"엇, 벌써 불꽃놀이 시간이야?!"

시라카와가 눈을 휘둥그레 떴다.

원래라면 해변에서 불꽃 감상을 할 예정이었지만, 우리들은 아직 언덕 위의 신사에 있었다. 최대한 잘 보이는 곳으로 가려고 나무들이 걸리적거리지 않는 곳을 찾아 이동했다.

신사를 나와 두 갈래로 나뉜 계단을 더 내려가자 오솔길 중간에 시야가 트인 공간이 있었다. 사람들은 신사나 해변에 가 있었기에 먼저 온 사람도 없이 조용했다.

"잘됐다! 명당자리네."

"그러게."

쏘아 올려진 불꽃이 마침 눈높이에서 꽃피었다. 올려다볼 필요가 없어서 편했다.

"류토."

시라카와가 불쑥 몸을 기대 왔다. 내 팔을 잡고 자신의 팔을 감는다. 팔뚝에 닿는 보드라운 감촉에 고동이 급속도로 빨라졌다.

"불꽃놀이가 끝날 때까지, 이러고 있어도 돼?"

응석을 부리듯 코맹맹이 소리로 묻는 말에, 나는 머뭇거리며 고개를 끄덕였다.

"으, 응."

옆에서 후후 하는 웃음소리가 들려왔다.

"……마음이 가까워지면 저절로 상대방에게 다가가고 싶은 맘이 드는구나. 류토를 사귀면서 처음으로 깨달았어."

불꽃은 느릿한 페이스로 끊임없이 발사되었다. 급속도로 어둠에 잠겨 가는 풍경 속에서 옆에 앉은 시라카와의 목소리가 차분하게 귀에 울려 퍼졌다.

"류토를 좋아해. 이 마음이 계속 유지된다면, 틀림없이 난…… 류토랑 야한 것도 하고 싶어지겠지."

시라카와…….

가슴이 떨려 옆을 보자 눈동자만 위로 든 그녀와 눈이 마주쳤다.

시라카와가 팔을 풀었고, 우리는 마주한 채 서로를 응시했다.

시라카와가 수줍게 눈을 피했다.

다시 시선을 마주친 그녀에게 나는 말했다.

"정말 좋아해, 루나."

그 눈동자가 순식간에 글썽이며 차오르더니 넘쳐흘러 한 줄기 눈

물이 되어 뺨을 타고 흘렀다.

　"나도."

　가슴에 와 닿는 것을 꾹 억누르듯이 그녀가 말했다.

　"나도, 류토를 정말 좋아해."

　뺨에 흐르는 눈물을 훔치며 나는 그녀에게 얼굴을 붙였다. 그 커다랗고 사랑스러운 눈동자가 감기는 것을 보며 살며시 입술을 포갰다.

　불꽃 소리가 났다.

　사랑스러운 그녀의 온기를 느낀다.

　그것이, 지금 내 세상의 전부였다.

제 5 . 5 장
루나와 니콜의 긴 전화

"아, 니콜, 고생 많았어!"

"루나도 고생 많았어! 내일 이쪽으로 돌아온다며? 그쪽에 전혀 못 가서 미안."

"아냐, 한 번 와줬으니 충분해! 류토도 있었고."

"맞아, 걔. 그 뒤로 어떻게 됐어? 개심했어?"

"아하하, 개심이라니."

"뭐, 그 녀석이 또 못된 생각을 하거든, 내가 본때를 보여 줄 테니까. 그런 낌새가 보이면 바로 말해."

"괜찮아, 류토는."

"저번에도 그렇게 말했지만 실제로는 네 여동생이랑 몰래 만나고 있었잖아?"

"그건 사정이 있었고, 결국 바람이 아니었으니까. 말했잖아?"

"뭐, 그렇긴 하지만 말이야."

"니콜이 걱정해 주는 건 기뻐. 고마워."

"……뭐, 나도 그 녀석이 감쪽같이 바람을 피울 만한 남자라곤 생각하지 않지만."

"응. 류토는 그런 나쁜 짓은 안 해."

"그래도 '마음이 바뀌는' 건 '마음이 나빠서' 그런 게 아니니까. 사귄 지 한 달밖에 안 된 게 까불지 마 싶긴 하지만."

"아, 나왔다, 니콜 선생님의 오늘의 시."

"마음이 변하는 건 마음이 못돼 처먹어서가 아니어라. 니콜'."

"아하하, 선생님, 입이 험해!"

"하지만 아무리 마음이 변해도 그렇지, 상대방이 쌍둥이 여동생이면 그건 짐승만도 못한 짓이라고."

"그건 이래저래 타이밍이 나빠서 그런 거였대. 얘기했잖아?"

"뭐 그렇지……. 일단 이해는 하겠지만."

"……여태껏 사귄 남친들은 떨어져 있을 때 늘 불안했어. 지금쯤 뭘 하고 있을까? 다른 여자애랑 같이 있는 건 아닐까? 하고."

"실제로도 바람을 피웠으니까."

"……하지만 류토는 달라."

"그건 이주일 동안 계속 같이 있었기 때문 아냐? 떨어져 있지를 않았으니 걱정할 것도 없잖아."

"그건 그렇지만, 그래도, 도쿄로 돌아가도 예전이랑은 다를 것 같다는 기분이 들어."

"어떻게?"

"얼마 전엔 말이지, 결국 내가 나약했던 거였어. 류토를 믿는다고 하면서도 끝까지 믿지 못해서, 현실을 마주하기가 무서워서 달아나 버렸지……. 그때 바로 류토를 마주 대했다면 이주일이나 고민할 필요도 없었는데."

"지금의 루나는 강해졌어?"

"응. 아마도…… 앞으로 류토와의 사이에 무슨 일이 생기든 다시는 도망치지 않을 거라 생각해."

"……그렇구나."

"요 이주일 동안 많은 얘기를 했어. 아빠와 엄마 얘기라든가…… 마리아 얘기라든가. 과거의 남친들 얘기도."

"응…….."

"나에 대해 예전보다 더 많이 알게 됐을 거라 생각하고…… 나를 향한 류토의 마음도 잔뜩 들을 수 있었어. 그러니까 괜찮아."

그렇게 말하며 루나가 응시한 것은 왼손 약지에 반짝이는 유백색 반지였다.

"앞으로는 옆에 없을 때도 마음은 이어져 있을 거란 생각이 드니까."

"아~, 숙제가 끝이 안 나~!"

아직 늦더위가 기승을 부리는 8월의 마지막 주.

에어컨이 돌아가는 내 방에서 접이식 테이블을 둘러싸고 마주 앉은 루나가 외쳤다. 테이블 위에는 백지를 남긴 영어 숙제가 무더기로 놓여 있었다.

이주일 간의 치바 체류 때문에 완전히 부모님이 공인한 사이가 돼버린 우리들은 밀린 숙제를 해치우려고 이번 주는 매일 이렇게 스터디 모임을 갖고 있었다.

우리 집은 아파트라 벽을 사이에 두고 바로 옆 거실 겸 주방에 어머니가 있어서 음흉한 짓은 하려야 할 수도 없었다.

"치바는 즐거웠지……."

루나는 한숨을 내쉬며 현실도피를 했다.

"사요 할머니가 괜찮으면 내년에도 놀러 와 달라고 했어."

"나도?"

"응. 입시생이라도 여름 축제 정도는 기분전환 겸 가도 괜찮지 않겠냐고."

"그렇구나……."

사요 씨의 마음은 감사했다. 게다가 1년 뒤까지 증손녀와 사귀어도 문제없는 남자라고 인정해 준 것 같아 기쁘기도 했다.

"내년이라······."

입시공부로 얼룩질 암흑의 텐노잔 서머*를 상상하자 나도 한숨이
나왔다.

그러자 루나가 불쑥 중얼거렸다.

"그때쯤이면 우리들은······ 틀림없이······."

내 눈치를 살피듯 힐끔 눈을 들어 이쪽을 본다. 그 뺨은 붉어져 있
었다.

"지금보다 훨씬 더, 친해져 있겠지."

"엇······ 그, 그렇겠지."

나도 모르게 야한 상상을 해 버렸지만, 말 그대로 받아들이면 부
끄러워할 필요는 없었다.

하지만 루나는 내 말과 행동을 놓치지 않았다.

"아~, 류토 얼굴 새빨개졌어! 무슨 생각을 한 거야?"

"그런······ 시라카와야말로!"

"아! 호칭이 성으로 돌아갔어!"

"미, 미안, 시라카······ 앗, 루나."

"거의 풀네임이잖아."

루나가 웃으며 태클을 걸었다.

"어, 뭐, 그건 대충 넘어가고······ 얼른, 숙제나 계속하자."

---

* '여름은 입시의 텐노잔'이라는 말에서 따온 것. 전국시대에 아케치 미쓰히데와 하시바 히데요시가
격돌한 야마자키 전투에서 히데요시가 텐노잔을 점령하면서 승리를 거머쥐었고, 이 일화 덕에 '일의
성패를 좌우하는 것'을 텐노잔으로 비유하게 되었다.

"그치만 모르겠단 말이야. ……아! 그래도 이건 알아!"

해맑게 소리를 지르며 루나가 갑자기 술술 펜을 놀렸다.

"오, 굉장한데."

확인하려고 나는 그녀의 문제집을 들여다보았다.

거기에 적혀 있었던 것은.

He is the last man to tell a lie.

"……류토를 말하는 거니까, 앞으로도 못 잊을 거야."

눈앞에서 루나가 행복한 듯이 미소 지었다.

"루나……."

나의 그녀는 이미 경험을 했다.

하지만 그런 건 중요하지 않다.

요즘은 조금씩, 진심으로 그렇게 생각할 수 있게 되었다.

"아~ 하지만 이쪽은 모르겠어."

"어디?"

그녀가 다른 문제를 가리켰고 나는 다시 문제집을 들여다보았다.

그러자…….

"빈틈 발견!"

루나가 목을 쭉 뻗었다. 내 뺨에 따뜻한 것이 닿으며 쪽 하는 소리가 났다.

"……에헤헤, 류토 정말 좋아해."

"~!"

뿌듯한 얼굴로 미소 짓는 그녀에게 나는 얼굴을 붉힌 채 끽소리도 못했다.

여름방학 숙제는 아직 당분간 끝이 날 것 같지 않았다.

안녕하세요, 나가오카 마키코입니다. 2권도 구매해 주셔서 감사합니다!

여름입니다! 바다입니다! 간행 시기적으로 성급하기 그지없습니다만, 한 발(?) 앞서 여름 기분을 맛본다고 생각해 주시면 감사하겠습니다.

2권은 '감성&섹시'를 제 안의 테마로 잡고 썼습니다(R&B 리듬으로 읽어 주세요). 현실 세계의 상황이 비록 어떠하든, 뭔가 이런 청춘을 보냈던 것 같은 기분이 든다…… 고 생각해 주신다면 기쁘겠습니다. 아, 그립다…… 나한테도 이런 여름의 추억이…… 여학교라 없었지만.

공원의 마리아 신, 개인적으로 가슴이 찡했습니다. 앞으로 무슨 일이 일어날지 알면서도 좋아하는 사람을 만날 수 있다는 게 행복한 소녀의 마음.

거의 실제 체험담에 기반한 에피소드도 있습니다.

10년쯤 전까지 학원 강사 아르바이트를 했습니다. 주로 고등학생에게 영어를 가르쳤는데요, 그때 학생에게 들었던 '리에한테 텔을 한다'는 절망도와 재미도가 제법 높아서 인상에 깊게 남은 실제 오답이었습니다. '텔을 한다'는 게 어떤 의미였을까요.

아무튼 각설하고, 여름은 감성적이죠. 그리고 섹시하고요.

축제도 불꽃도 해수욕도 어려워진 지금, 여름에 대한 그리움은 점점 강해져만 갑니다.

이번에도 일러스트를 담당해 주신 magako님, 근사하기 그지없는 일러스트를 잔뜩 그려 주셔서 아무리 감사를 드려도 모자랄 지경입니다……! 글 속의 사소한 묘사까지 일러스트로 표현해 주셔서 감사합니다! (독자 여러분, 표지에서 루나가 한 네일을 봐 주세요~!)

담당을 맡고 계신 마츠바야시 님, 이번에도 엄청 신세를 졌습니다! 일정 관리 등 이런저런 일들을 해 주신 덕택에 마음 놓고 작업에 집중할 수 있었습니다. 이 기세로 계속해서 분발하고 싶습니다! 분발하게 해 주십시오!

마지막으로 1권부터 응원해 주시고 2권도 읽어 주신 독자 여러분께 깊이 감사의 말씀을 드립니다.

또 만나 뵐 수 있기를, 간절히, 진심으로 기도하고 있겠습니다……!

2021년 2월 나가오카 마키코

경험 많은
너와
경험 없는
내가
사귀게 된
이야기.

초판 1쇄 인쇄 2022년 08월 10일
초판 2쇄 발행 2022년 10월 15일

저자 : 나가오카 마키코
번역 : 조기

펴낸이 : 이동섭
편집 : 이민규, 탁승규
디자인 : 조세연
영업 · 마케팅 : 송정환, 조정훈
e-BOOK : 홍인표, 서찬웅, 최정수, 김은혜, 이홍비, 김영은
관리 : 이윤미

㈜에이케이커뮤니케이션즈
등록 1996년 7월 9일(제302-1996-00026호)
주소 : 04002 서울 마포구 동교로 17안길 28, 2층
TEL : 02-702-7963~5 FAX : 02-702 7988
http://www.amusementkorea.co.kr

ISBN 979-11-274-5459-3 04830
ISBN 979-11-274-5206-3 04830 (세트)

KEIKEN ZUMI NA KIMI TO, KEIKEN ZERO NA ORE GA, OTSUKIAI SURU HANASHI.
Vol.2
©Makiko Nagaoka, magako 2021
First published in Japan in 2021 by KADOKAWA CORPORATION, Tokyo.
Korean translation rights arranged with KADOKAWA CORPORATION, Tokyo.